◎价值观故事书系◎

荣辱

栾传大　主编

李娇　编著

吉林文史出版社

图书在版编目（CIP）数据

荣辱/栾传大编著.—长春:吉林文史出版社,2014.7（2023.4重印）
（价值观故事书系）
ISBN 978-7-5472-2256-0

Ⅰ.①荣… Ⅱ.①栾… Ⅲ.①品德教育－中国－通俗读物 Ⅳ.①D648-49

中国版本图书馆CIP数据核字(2014)第147114号

丛 书 名 价值观故事书系

　　　　　 RONGRU
书 　 名 **荣　辱**

编 　 著　栾传大
责任编辑　张雅婷
装帧设计　博雅工作室
出版发行　吉林文史出版社有限责任公司
地 　 址　长春市福祉大路5788号
印 　 刷　天津市天玺印务有限公司
开 　 本　690mm×960mm　1/16
印 　 张　10
字 　 数　250千
版 　 次　2014年7月第1版
印 　 次　2023年4月第9次印刷
书 　 号　ISBN 978-7-5472-2256-0
定 　 价　38.00元

序

　　价值观是指一个人对周围的客观事物的意义、重要性的总评价和总看法。价值观深刻影响着每个社会成员的思想观念、思维方式、行为规范，是人们思想上精神上的灵魂旗帜。

　　现在，思想领域日趋多元、多样、多变，各种思潮此起彼伏，各种观念交相杂陈，不同价值取向同时并存，所有这些表现出来的是具体利益、观念观点之争，但折射出来的是价值观的分歧。历史和现实一再表明，只有建立共同的价值目标，一个国家和民族才会有赖以维系的精神纽带，才会有统一的意志和行动，才能产生强大的凝聚力、向心力。实现中华民族伟大复兴，是中华民族近代以来最伟大的梦想。伟大的梦想，需要有正确的价值观做支撑。这是我们凝心聚力的兴国之魂、强国之魂。

　　价值观属于文化的范畴，不可能脱离特定的历史文化传统。我们的价值观必须扎根于中华历史文化土壤，传承中国传统价值的精华。核心价值观一定是在一个国家、民族长期发展中孕育形成的，反映着这个国家、民族的文化积淀、思想结晶。提炼、概括社会主义核心价值观，必须把传统价值观念作为基本的价值资源，赋予其符合时代要求的新内涵、新诠释，在具体表述上也要尽可能体现中华文化特色，使社会主义核心价值观烙上中华文化的精神印记，展示出浑厚深沉的历史韵味和中国气派。

　　本书分为《富强》《文明》《和谐》《公正》《法制》《爱国》《敬业》《诚信》《友善》《勤学》《清廉》《修身》《智慧》《勇敢》《求是》《志趣》《荣辱》《民主》《自由》《实干》等 20 个部分，是从党的"十八大报告"中概括社会主义核心价值观的十二个关键词的基础上发展而来的。选取了中华文明史上的经典故事，对价值观的各个方面做出了形象生动的阐释。故事中蕴含着高尚的民族情感、崇高的民族气节、良好的民族品质。充分体现了中华民族在处理人与自然、人与社会、人与他人之间关系的基本价值观。既高度概括，简洁明快，又深入浅出，喜闻乐见；既亲切入理，凝聚共识，又符合历史，合乎实践。我们希望本书系能够产生友善的亲和力、广泛的感召力、强大的凝聚力和持久的引导力，为每个社会成员树立正确的价值观贡献一份绵薄之力。

编　者

目 录

齐桓公失地得诚信

在我国历史上，春秋战国时期历时五百余年，其间群雄割据，战火纷飞。在中原大地上先后崛起了齐、晋、秦、楚和后来兴起的吴、越等较强的诸侯国，他们互相争战，出现了大国争夺霸主的局面。在相继称霸的大国中，最先崛起的齐国是东方的一个大国，位于今天山东省的北部，齐国的国君齐桓公是春秋五霸之首，他选贤任能，任用管仲为相，推行改革，使齐国逐渐强盛。他北击山戎，南伐楚国，"九合诸侯，一匡天下"成为春秋时期的第一个霸主。

齐国与鲁国是春秋时期的邻国，齐桓公即位后，亲率大军讨伐鲁国，鲁军无力抵挡，节节败退，齐国大军长驱直入到距离鲁国都城只有五十里的地方。鲁庄公派使者向齐桓公说，鲁国愿意以齐军现在驻扎的地方封土为界，像齐国的封邑大臣一样臣服齐国。齐桓公听到后非常高兴，立刻答应了鲁庄公的求和，并约定三天后与鲁庄公会盟。

会盟的前一天，当时鲁国的大将曹刿对鲁庄公说："国君您是愿意国家灭亡，自身不保呢，还是愿意国土扩大，自己也安乐呢？"鲁庄公不明白他的意思，便问道："先生您说的是什么意思呢？"曹刿回答："您若听我的话，国土必定会扩大，您自己也必定会安全快乐；您若不听我的话，国家必定灭亡，您自己也必定身处耻辱之中，性命也很难保。"鲁庄公此时正是焦头烂额，不知如何是好，他听完曹刿的话后忙说："我愿意听从你的话。"于是曹刿就把他的计策告诉了鲁庄公，鲁庄公听后笑逐颜开，连声说："好，好，真是好计策！"

第二天，双方按照约定会盟，鲁庄公和曹刿都暗藏宝剑来到会盟的地方，这时齐桓公已经以胜利者的姿态等他们很长时间了。正当齐桓公与鲁公在坛上盟誓时，鲁国大将曹刿手持匕首箭一般的冲了上去，立刻劫持了齐桓公。齐桓公猝不及防，被曹刿逮了个正着，没想到事情突然会变成这样，齐桓公一下子也没了主张，只盼着自己的谋臣管仲能够想办法救他。管仲和鲍叔牙见情况不妙，正想要冲上坛去救主。曹刿立刻威胁他们说："不许上来，不然我就先把齐桓公给杀了。"齐桓公问曹刿："你到底想怎么样？"曹刿说："齐强鲁弱，您以大国攻鲁太过分了。现在我要你把侵占鲁国的国土还给我们，大王您看着办吧。"管仲一听此话，马上在土坛下大声地对齐桓公说："君主的安危比所有的领土都重要，国君您还是答应了吧！"胁迫之下，齐桓公只好答应尽数归还侵夺鲁国的土地，曹刿又逼迫桓公饮血盟誓，桓公无奈也答应了。

齐桓公回国后，越想越觉得窝囊，他又气又恼地不想遵守盟约。当他把这个想法告诉群臣时，管仲马上站出来反对说："主公这样做不行，如果主公现在因贪图这点小利而不守信用，就等于失去了天下人心，我们不如给他，用四百里土地赢得天下人心才更好。"桓公听后觉得有理，他想了想说："鲁庄公和曹刿都是齐国的仇人，如果我对仇人都讲信用，这说明我会对不是仇人的人更讲信用。假若天下人都知道我是诚信君子，就都会信任我。"于是，齐桓公决定遵守诺言，按照约定还给了鲁国四百里土地。这样一来，齐桓公诚信仁义的名声天下皆知，各国诸侯听到这件事，都十分敬佩齐桓公，纷纷与齐结盟，从此，齐桓公开始称霸，后来成为"春秋五霸"之首。

晏子使楚

在春秋争霸的过程中涌现出众多风云人物，他们在战场上兵戎相见，军营中运筹帷幄，外交场上更是谋略交锋，晏子使楚便是其中一则著名的典故。春秋末期，晏子继任为齐国的国相，开始了长达60年的辅政生涯。晏子名婴，字仲，历任齐灵公、齐庄公、齐景公三朝卿相，他头脑机敏，能言善辩，勇义笃礼，是著名的政治家和外交家。他忧国忧民，屡谏齐王，尽心竭力拯救内忧外患的齐国，在诸侯和百姓中享有极高的声誉。在对外斗争中，他既富有灵活性，又坚持原则，出访不辱使命，捍卫了齐国的尊严。

有一次，齐王派晏子去出使楚国，当时的楚国是大国，楚王仗着自己的国势强盛，就想乘机侮辱一下晏子，好借此在齐国面前显示一下楚国的威风。楚王知道晏子的身材矮小，就叫人在城门旁边开了一个5尺来高的洞。晏子来到楚国，楚王就命人把城门关了，让晏子从这个洞钻进去。晏子看了看这个洞口，知道楚王要戏弄他，便对接待他的官员说："这明明是个狗洞，根本不是城门，只有访问"狗国"才能从狗洞进去，我现在访问的是楚国，你们先去问问明白，楚国到底是个什么样的国家？"接待的人立刻把晏子的话传给了楚王，楚王吃了个哑巴亏，只好吩咐大开城门来迎接晏子。

晏子拜见楚王后，楚王瞅了他一眼便冷笑道："齐国难道都没有人了吗？怎么派你来了呢？"晏子听后回答："齐国的人多极了，我国首都临淄住满了人，大伙儿把袖子举起来，就是一片云；大伙儿甩一把汗，就是一阵雨；街上的行人肩膀擦着肩膀，脚尖碰着脚跟。大王怎么说齐国没有人呢？"楚王说："既然有这么多人，怎么打发你来了呢？"晏子听后装作很为难的样子说："您这一问，我实在不好回答。撒谎吧，怕犯了欺骗大王的罪；说实话吧，又怕大王生气。"楚王说："实话实说，我不生气。"晏子拱了拱手说道："敝国有个规矩：访问上等的国家，就派有本事、有德行的人去；访问下等的国家，就派碌碌无为的人去。我最不中用，所以就被派到这儿来了。"说完他还故意笑了笑，楚王知道又被晏子戏弄了，又无法发作，只好赔笑。

在这次出访之后，晏子又有一次出使楚国，楚王听说还是晏子要来，就向他的大臣们说："晏子是齐国最会说话的人，现在他将要到我们楚国来，我想羞辱他一下，你们有什么好办法吗？"大家议论了一会儿，有一个官员建议道："当晏子来的时候，我们就让武士捆绑着一个齐国人从大王面前走过，到时候大王就问：绑着的是什么人？士兵就回答说是齐国人。大王再问为什么要绑他？士兵就回答说因为他偷了东西。"楚王觉得这是一个羞辱晏子的好办法，就按此布置妥当。

等到晏子来到楚国后，楚王安排酒席招待晏子，正当他们吃得高兴的时候，有两个武士押着一个囚犯从堂下走过。楚王看见了，便问道："那个囚犯犯的什么罪？他是哪里人？"武士回答说："犯了盗窃罪，是齐国人。"楚王得意地对晏子说："齐国人怎么这样没出息，他们天生就爱干这种事儿吗？"楚国的大臣们听了，都得意洋洋地笑起来，以为这下可让晏子丢尽了脸。哪知晏子面不改色，不慌不忙地对楚王说："大王您怎么不知道呢，长在淮南的柑橘，又大又甜。可是橘树一旦种到了淮北，就只能结出又小又苦

的枳，这都是因为水土不同啊！同样的道理，齐国人在齐国能够安居乐业，好好地劳动，可一到了楚国就做起盗贼来了，也是因为两国的水土不同吧。"楚王和群臣听后面面相觑，十分尴尬。晏子的一番反驳让楚王颜面尽失，只好赔不是，楚王惭愧地说道："我原本想取笑大夫，没想到却反让大夫取笑了。"从这以后，楚王再也不敢不尊重晏子了。

晏子以他的聪明机智和勇敢大胆，有力回击了楚王的不良居心，维护了国家和个人的尊严，也展现了晏子不畏强权的政治家、外交家风度。

曾参守信杀猪

　　孔子有个学生名叫曾参，人称曾子，是春秋时期的鲁国人。曾子深受孔子的教导，不但学问高，而且为人非常诚实，从不欺骗别人，甚至是对于自己的孩子也是说到做到。

　　有一天早晨，曾参的妻子梳洗完毕，就准备出门去集市上买些家里用的东西。可她出了家门还没走多远，儿子就哭哭啼啼地从身后撵了上来，吵着闹着要跟妈妈一起去。由于孩子还小，集市离家又远，带着他很不方便，因此曾子的妻子就对儿子说："你回去在家等妈妈，我买了东西一会儿就回来。你不是爱吃酱汁烧的蹄子、猪肠炖的汤吗？我回来以后就杀了猪给你做，你乖乖回去等着吧。"这话非常灵验，儿子一听立即就安静下来，不再吵闹要跟妈妈一起去了，乖乖地回家了。

　　等曾参的妻子从集市回来时，还没跨进家门，就听见院子里捉猪的声音。她慌慌张张进门一看，原来是曾参和儿子正一起在猪圈里捉猪呢，准备杀猪做好吃的东西。她急忙上前拦住丈夫说道："你这是干什么呢？"曾参说："你不是跟儿子说等你回来就杀猪给他吃肉嘛！"妻子一听就慌了，忙解释说："我哪里是要真的杀猪，当时他一直闹着要跟我去，所以我才说着玩哄他回家的，家里只养了这几头猪，都是逢年过节的时候才杀的，你怎么把我哄孩子的话当真呢？"曾参很认真地对妻子说："孩子虽然还小，但他已经懂事了，我们做父母的即使在小孩面前也不能撒谎啊。孩子年幼无知，他们总是从父母那里学知识、学品行、听取教诲，如果我们现在说一些欺骗他的话，等于是教他长大后去欺骗别人。再说，今天你要这样欺骗孩子，孩子就会觉得母亲的话不可靠，以后你再讲什么话，他就不会相信了，对孩子进行教育也就难了，你说这猪该不该杀呀？"

曾妻听了丈夫的一席话，后悔自己不该和孩子开那个玩笑，更不该欺骗孩子。既然答应杀猪给孩子吃肉，就说到做到，取信于孩子。于是曾子和妻子一起动手杀了猪，为孩子烧了一锅香喷喷的猪肉。儿子一边吃肉，一边向父母投去了信任和感激的目光。

父母的言传身教直接感染了孩子，一天晚上，曾子的小儿子刚睡下又突然起来了，从枕头下拿起一把竹简就向外跑，曾子问他这么晚了出去干什么？儿子回答说："这是我从朋友那么借来的书简，说好了今天还，差一点忘了，再晚也要还给人家，不能言而无信啊！"曾子笑着把儿子送出了门。诚实无诈，身教重于言教，曾子用实际行动告诉人们，任何时候都应言而有信。

季札守信挂剑

周代的季札，是春秋时期吴国国君的小儿子，他博学多才，品行高尚，诚实守信，答应别人的事都会尽力做到，即使是自己在心里许下的诺言，也会竭尽全力去实现，因此赢得了国君的信任，经常派他去出访各国。在古时候，无论是士臣还是将相，身上通常都会佩戴一把宝剑，这剑既是装饰，也代表着一种礼仪，因此季札出访时也随身佩戴一把宝剑。季札的这把宝剑可不是一般的宝剑，在吴国堪称国宝，宝剑由上等的原料铸成，造型十分精美，剑身上雕刻着蛟龙的花纹，还镶嵌着各种宝石，远远看去熠熠发光，典丽又不失庄重，因此季札每次出访都一定会佩戴。

有一次，季札奉国君的旨意出使各诸侯国，在出访途中经过徐国，受到徐国国君的热情招待，徐国国君一见到季札，就被他的气质涵养所打动，内心感到非常亲切，两人意气相投，谈古论今。当徐国国君看到季札腰间的宝剑时，一下被深深地吸引住了，他从未见过如此精美的宝剑。徐国国君虽然喜欢在心里，却不好意思表达出来，只是目光熠熠，不住地朝它观望。季札看得出徐国国君非常喜欢这把宝剑，他觉得自己与徐国国君相交莫逆，便想将这把宝剑送给徐君作为纪念。可是，这宝剑是父王赐给他的，是他作为吴国使节的一个信物，他到各诸侯国去必须带着它才能被接待。现在自己的任务还没有完成，怎么能把剑送给别人呢？徐国国君心里明白季札的难处，尽管十分喜欢这把宝剑，却也始终没有说出口，以免让季札为难。临分手的时候，徐国国君又送给季札许多礼物作为纪念，季札对徐国国君的体谅非常感激，于是在内心里默默的许下诺言：等我出使列国归来，一定要把这把宝剑送给徐国国君。

几个月后,季札完成使命,踏上归途。一到徐国,他就顾不得旅途的劳累,直接去找徐国国君。然而,出乎意料的是,徐国国君已经于不久前暴病身亡。季札知道后非常伤心,他默默的来到徐国国君的墓前,三行大礼之后,对着国君的墓说道:"徐君,我来晚了,我知道你喜欢这把剑,现在我的任务完成了,终于可以将这把剑送给你了。"然后便郑重地把剑挂到了墓前的松树上,跟在一旁的随从急忙劝阻:"此剑乃是吴国之宝,公子不可以轻易赠人啊,况且徐君已故,你把剑送给他,他也看不到,挂在树上又有什么用呢?"季札回答说:"当日路过,徐君观剑,口虽不言,脸上的表情却显示着爱剑之意。那时候,我就已经在心里许下诺言,要将这把剑送给徐君。如今他故去了,我不献剑,即是欺骗自己,为一把剑而自欺,正直的人是不该这样做的。"说完,季札便将宝剑留在徐君墓前的树上离去了。自古以来,高迈的志节往往是表现于内心之中,就像季札并没有因为徐君的过世而违背自己内心的诺言和做人的诚信,展现了他高尚的品德,令人敬佩。

越王勾践卧薪尝胆

　　春秋时期，诸侯国之间纷争不断。在东南沿海有吴国和越国两个国家，常年互相征战不休，越王勾践继承王位时，战火依然不减。此时，吴王阖闾想趁勾践刚刚继位，大局未定的时机攻打越国，给越国致命一击。公元前 496 年，阖闾在槜李发动了战争，不料，勾践人小却很有气魄和胆识，最终，阖闾惨败而归，自己又中箭受了重伤，再加上年纪大了，回国不久就因伤去世了。死前，他念念不忘那次惨败，告诉继位的儿子夫差一定要为他报仇，夫差信誓旦旦地点了点头。为了打败越国，夫差励精图治三年，建立了许多军队，还增加了一支水军，只想等待时机为父报仇。

　　越王勾践听说吴国建立了一支水军，就很想消灭它，但是大臣范蠡却劝阻勾践不要贸然行事，范蠡说道："夫差已经准备了三年，一定部署周密，你这样贸然出击，很容易被敌人击败的。"可勾践认为自己有勇有谋，根本不把夫差这个毛头小子放在眼里，他对范蠡说："我难道还能怕了那小子不成，当初他父亲死在我手里，今天他也会重蹈覆辙的。"勾践不仅不听劝，还亲自征战沙场，结果被早有防备的吴国大军打的惨败。最后，勾践自己带着仅剩的 5000 余残兵逃到了会稽，却还是没能逃脱吴军的包围。此时，勾践才后悔没有听范蠡的话，可事已至此后悔也没用了。范蠡给勾践出主意，让他假意求和，先获得生计，再作日后打算。这次，勾践老老实实听了范蠡的意见，派人去吴王那里求和，吴王夫差听到勾践求和的想法非常高兴，准备接受勾践的投降。但吴国的大臣伍子胥却坚决反对，他认为应该斩草除根，杀了勾践，这样才能永绝后患。但吴国另一个大臣伯嚭因为收了勾践给的好处，便向夫差讲了许多好话，认为既然勾践已经战败，越国也对吴国构不成威胁了，就不必非要处死勾践，留着勾践一方面可以向世人显示吴王的仁慈，另一方面也可以慢慢折磨他。吴王夫差听了伯嚭的话认为他说的更有道理，就不顾伍子胥的阻拦而接受了勾践的投降，但要求勾践去吴国为奴。勾践听从范蠡的话，放弃曾经为王的尊严，把国家大事托付给大臣，就带着夫人和范蠡去了吴国。

勾践到了吴国后，夫差让他们夫妻俩住在一间简陋而又潮湿的囚室，还让勾践做起了驾车养马的活，勾践的夫人被吩咐打扫宫室，曾经为王称霸的越王勾践每天都干着下等人的活，心里觉得极其屈辱，但表面上却还对吴王夫差毕恭毕敬，尽心尽力做着夫差交代的一切工作，只求夫差能够放松警惕，有一天可以放他们回到越国。为奴三年后，勾践终于等到一个机会，夫差生了场大病，但原因不明，大夫也无从下手，这时候，勾践挺身而出，为夫差尝粪寻找病源，这个举动彻底感动了夫差，他认为勾践对自己已经诚心诚意归顺，便放勾践回到了越国。

归国后的勾践，一心要报仇雪耻。他害怕眼前的安逸消磨自己的意志，便放弃舒适安逸的王宫，搬到一个破旧的马厩中居住。每天用柴草充当被子，用硬硬的石板当床，他还在屋子的房梁下吊了根拴着猪苦胆的绳子，每天一早醒来，就先尝一尝苦胆，时刻提醒自己不要忘掉吃过的苦，受过的罪，告诉自己一定要报仇雪恨，这就是被后人传诵的"卧薪尝胆"。

为了使国家尽快强大起来，勾践实施了很多利国利民的政策，他亲自参加耕种，叫夫人自己织布来鼓励生产。因为越国遭到亡国的灾难，人口大大减少，勾践就颁布了奖励生育的政策。为使内政清明，他还广招贤良，为他们提供优越的条件，使他们为国效忠出力。如果有从诸侯国来越的游士，勾践一定会隆重的接待，并根据各自的特长任用。为形成一支作战力强的军队，他加强军事训练，制造利剑强弓，训练水军，还建筑城郭，加固边防。另一方面，勾践听从大臣"亲于齐，深结于晋，阴固于楚，而厚事于吴"的外交策略，暗中和齐、晋、楚等国交好，还经常派人给吴国进献好东西，给夫差找来了西施、郑旦两位美女，使夫差沉溺女色，荒于政事。

经过20多年的准备，越国国力强盛、兵强马壮。勾践只在等待一个有利的时机，向吴国发起攻击，以雪国耻。终于机会来了，夫差要勾践出兵助威去赴一个宴会，勾践假装赴会，实则带领秘练的3000精兵攻打吴国，拿下了吴国的主城，杀了吴国太子，又擒拿了夫差。这时夫差才后悔没听伍子胥的话，留下了勾践，但此时吴国已经没有回头路了。千百年来，勾践卧薪尝胆，励精图治，最终雪耻的故事一直流传，后人更加习惯用"卧薪尝胆"来形容人刻苦勤奋，不畏艰险，忍辱负重，发愤图强的决心和意志。

李离以死护法

春秋时期，晋国晋文公时代掌管刑罚的最高长官名叫李离，他公正不阿、执法如山，把国家法律的威严看得比生命还重要，是我国历史上一位了不起的人物。

李离断案，一向都是细致入微，极其认真，所以他经手的案子从无差错。可是有一天，李离在查阅过去的案卷时，竟发现了一起错杀的冤案。经过重新审查，李离发现，原来是他的下属在办案时贪赃枉法，将真凶放走了，却把无辜者抓了起来，屈打成招。李离失察，判了此人死刑。弄清了原委，李离感到惭愧万分，但已铸成不可挽回的大错。他一方面严厉地处罚了下属，一方面立刻缉拿真凶。最后，这件案子虽然以真正的凶手被捉拿归案，冤死者昭雪而了结，但李离却为自己的错杀而痛苦不堪，终日食不知味。他觉得自己犯下了不可饶恕的罪过，不但不配再做执法的长官，而且给国家的法律抹了黑。于是，李离让手下人将自己捆绑起来，送到晋文公那里，请求晋文公将自己处死。

晋文公见李离五花大绑的进来，便惊讶地问："爱卿这是发生了什么事？怎么这个样子来见我？"李离跪下说道："臣有违大王的信任，身为执法的长官，却错杀了好人，我请求大王依法将我处死，为枉死者偿命！"说罢，李离便将误判错杀的经过如实禀告了晋文公。晋文公听后对李离严于律己的行为十分赞赏，也为他的诚心实意所感动。晋文公不但没有怪罪李离，还亲自为他解开了身上的绳索。晋文公劝李离说："这件案子是下面搞错的，并不是你的罪过。再说，每个官员的职务都有高有低，因此我们在处罚时也该有轻有重。何况这件案子又不是你直接办理的,我怎么能怪罪于你呢?"
可是李离依然长跪不起,他坚持说:"在掌管刑狱的官员中,臣下的官职最高,却从没把自己的权力让给下属;平时享受的俸禄也最多,也并没有把俸禄分给下属。今天我有了过错,怎么可以把责任推给下面的人呢?现在我错判了案子,枉杀了好人,我理当承担罪责。还是请大王将我处死吧!"

晋文公知道李离正直,是个好官,便有意保护他说:"你认为下属出了问题,责任在你这个上司的身上。如果照你的逻辑去推断,你的官职是我任命的,那不连我也该有罪了吗?"李离明白晋文公的用意,但他已经决心以死来维护国家法律的尊严,便说道:"国家的法令早已明文规定,执法的官吏给犯人施错了什么刑,自己就要受什么刑罚;错杀了好人,自己也应被处死。大王信任我,将执行国家刑罚的重任交给了我,可现在我辜负了您的信任,没能深入调查,明断真伪,以致于造成了错杀无辜的冤案,按法律我应受到处置,因此处死我是理所当然!如果我不自觉伏法,那法律的尊严就不会再受到重视了。既然您不忍心下令处死我,就请允许我自己执行吧。"说完,李离猛地从卫士手里夺过宝剑,用尽力气朝自己挥去,顿时鲜血迸溅,气绝身亡。李离以自己的鲜血和生命捍卫了法律的权威和尊严,践行了"法律面前人人平等"的思想,同时也彰显了自己有过错不推诿,勇于承担责任的高尚情操,其精神着实难能可贵。

弦高犒师救郑

　　春秋时期,郑文公在世时,秦国与郑国结为盟国,秦国派杞子等三位将领,率领一部分秦军帮助郑国防守晋国。公元前628年,郑文公去世,郑穆公即位。秦将杞子认为有机可乘,便派人向秦穆公报告说:"郑国让我们掌管都城北门的钥匙,要是发兵来偷袭,我们就可以得到郑国了。"秦穆公接到密报,决定利用这个机会,出兵一举消灭郑国。可郑国在秦国的东面,两国相距1000多公里,要想攻打郑国,秦军必须要长途跋涉。于是,秦穆公命令大将孟明视、西乞术、白乙丙带领兵车400余辆、士兵千余人从秦国出发,想要神不知鬼不觉的偷袭郑国。

　　秦国大军跋山涉水向东进发,历时一个多月,终于在公元前627年,到达了郑国旁边的一个名叫滑国的小国境内,眼看着就要到达郑国了,而郑国对此还毫不知情。就在大军压境之时,正巧有一位郑国的商人赶着一群牛来滑国贩卖,商人名叫弦高,他看见远程奔袭驻扎的军队,心里就犯起了嘀咕:这些远道而来的士兵从哪来?来这么远的地方是要做什么?想到这,弦高有一种不祥的预感,他马上派人去打听,结果回来的人报告说,这些士兵正是秦国的军队,他们正要去攻打郑国。弦高一听吓了一跳,这可急坏了他,秦国本就比郑国强大,这么多秦国军队悄无声息的来,一定是想偷袭郑国,而此时郑国还蒙在鼓里,到底该怎么办呢?

　　弦高急中生智,他一面派人火速回郑国报信,一面穿戴整齐,装扮成官员的样子,带着贵重的礼物,让随从驾着漂亮的马车,赶着他的12头肥牛,向着秦军的部队走去。来到秦军近前,弦高冲着里面高声喊道:"郑国使臣弦高求见秦军主帅!"秦军前哨急忙报入军中,孟明视听后大吃一惊,想到:我们正想偷袭郑国,郑国使臣怎么已经到了这里?原先那种偷袭的兴奋,顿时变得很沮丧,不知究竟是怎么回事,只好叫手下传郑国使者来见。

弦高镇定自若地来到孟明视面前,施礼道:"敝国君主听说秦君派大军前来,特遣下臣远道相迎,并以肥牛 12 头作犒师之资,表示我们的一点心意。我们国家很穷,没有什么像样的东西,请将军不要见怪。"弦高一席话,说得秦军上下心凉了半截。孟明视见计谋败露,成功无望,只好随机应变,强露笑容对弦高说:"郑君误会了,我军实是东巡走迷了路,才来到这里,与郑国没有干系。"弦高作揖谢过,留下牛儿走了。

秦军主帅孟明视真以为弦高就是郑国使者,便对大家说:"郑国已有准备,我们还是回去吧!"于是顺手牵羊的攻灭了滑国,班师而去。郑穆公接到弦高送来的情报,急忙命人去查看杞子他们的动静,发现他们果然在那儿磨刀喂马,整理兵器,收拾行李,做战前的准备。于是郑穆公就派大臣去对他们说:"诸位辛苦了,呆在我们这儿太久了,听说你们要离开,那就请便吧!"杞子他们听后大吃一惊,知道有人走漏了消息,只好厚着脸皮对付了几句,连夜逃走了。弦高虽然只是个小商人,但他急中生智,有勇有谋,消弭了一场灭国之灾。郑国因为弦高的机智爱国,见义勇为而得救,国君和百姓都很感激弦高。郑穆公以高官厚禄赏赐弦高,被弦高婉言谢绝,他说道:"我虽然地位卑微,但却理所当然的忠于我的国家,如果受奖,那岂不是把我当作外人了吗?"弦高的一席话让大家对他更加敬佩,他的故事也被世人所千古传诵。

齐太史秉笔直书

公元前 554 年，战国时期的齐国皇帝齐灵公因病而亡，太子光在齐国国相崔杼的拥立下即位，成为齐国新的君主齐庄公。齐庄公即位后，为报答崔杼的拥立大恩，封崔杼为相国，并常到他家饮酒作乐。尽管齐庄公在政治上颇有抱负，但在生活上却是一个荒淫无耻之徒，他除了与宫中美女寻欢作乐之外，还到处拈花惹草，不管对方是谁，只要他看中的都不放过。

有一天，齐庄公又来到崔杼家饮酒，他早就听说崔杼的夫人棠姜美丽动人，非常想见，结果见过之后就再也忘不了。就这样，齐庄公趁崔杼不在家时，带着内侍和一些勇士借口来到崔家，并强迫棠姜与其私通。不久之后，崔杼就发现了这件事，一怒之下起了杀念，并设计杀死了齐庄公，趁机把持了齐国的朝政。

草草埋葬了齐庄公之后，按照当时的惯例，史官要把发生的事情记入史册。崔杼便把掌管记载历史的史官太史伯叫来，让他记载齐庄公死亡这件事情。按照当时的观念，即使君王犯了天大的罪行，作大臣的也不能杀死君王。因此，他特别关照太史伯，对于齐庄公这件事情，一定要写"暴病而亡"。不料，太史伯却反对道："按照事实写历史，是太史的本分，历史不能胡编乱造，应该按照事实记录。"崔杼没想到一个无权无势的史官也敢顶撞自己，便生气地说："我倒要看看你究竟怎么写！"等到太史伯写完，崔杼拿过来一看，史书上赫然写着："夏五月乙亥，崔杼弑其君。"崔杼看完后肺都要气炸了，他命令太史伯重写，太史伯一口回绝道："你叫我颠倒是非，我宁愿掉脑袋也写不出别的花样。"一气之下，崔杼命人杀了太史伯。

太史伯家的兄弟四人都是史官，按照当时的规矩，兄长死后要由弟弟来继承。于是，太史伯的大弟弟仲接掌了兄职。没料到，太史仲仍然仿照其兄写史，还是："夏五月乙亥，崔杼弑君。"这几个字。崔杼气急败坏地问："你难道不知道你哥哥是怎么死的吗？"太史仲回答说："我当然知道，但是太史只怕写的历史不真实，不怕杀头！"于是，崔杼就把太史仲也杀了。接下来，太史仲的弟弟太史叔来了，他仍然同他的两个哥哥一样，照实书写，也遭到了同样的厄运。最后一位三弟太史季来了之后，他写的仍然是："夏五月乙亥，崔杼弑君。"写完之后，他直接就对崔杼说："你杀吧，你越杀人，就越发显得你残暴。就是我不写，天下人也会写，你可以杀太史，但你却改变不了事实。"崔杼既佩服四人的胆量，又感到困惑不解，不禁问道："你们难道都不怕死吗？你的三个哥哥已死，如果你照我说的去做，我就可以不杀你。"太史季劝道："史官的职责就是秉笔直书，如果歪曲事实，不如去死。您不许我写，不但掩盖不了您杀国君的事实，还会贻笑后世。因此，我是不会怕死的，请相国明断。"崔杼沉默良久，重重地叹了一口气："我不得已而为之，你虽秉笔直书，相信人们也会理解我的苦心，你去吧！"说完，崔杼挥挥手，让太史季回去了。齐太史四兄弟为了尽史官之职，前仆后继，终于将崔杼弑君的行为真实地记录下来，为后世留下了确凿可信的历史资料，而他们坚持真理、秉笔直书的义举也永载史册，为历代所传诵。

蔺相如完璧归赵

战国时期，秦国经过商鞅变法之后，逐渐崛起，势力开始进一步深入中原地区，中原各诸侯国无力独自与秦国抗衡，时常受到秦国的侵扰。此时，赵国经过了赵武灵王的军事改革，军事力量日渐强盛，秦国也不敢小觑赵国的实力。

公元前283年，赵王得到了一块名贵的宝玉和氏璧，秦昭襄王听说后就非常想要据为己有，于是，秦王便派使者到赵国对赵王说，秦国愿意拿15个城池与赵国交换这块宝玉。赵王心里非常舍不得，但是因为赵国国势比秦国弱，因此也不敢拒绝，怕秦王一不高兴，就派兵攻打赵国，为了这件事，赵王伤透了脑筋。此时赵国的丞相是蔺相如，赵王便召见蔺相如，问他应该怎么办。蔺相如回答说："秦强赵弱，不可不许；不许，赵国没有道理；赵给了璧而秦不给城，秦国就显得没有道理了。"说完他就向赵王请命，由自己带着和氏璧去面见秦王，拿得到15个城池便罢，拿不到必能完璧归

赵。赵王很信任蔺相如，于是便同意了他的请求。

蔺相如带着和氏璧来到了秦国，秦王在王宫里接见了他，蔺相如把和氏璧呈献给秦王，秦王接过来左看右看，非常喜爱。他看完了，又传给大臣们一个一个地看，然后又交给后宫的妃子们去欣赏。蔺相如见秦王绝口不提割让15座城池的事情，便知道秦王根本没有用15座城池换取宝玉的诚意。于是他走上前去说道："和氏璧身上有点瑕疵，让臣来指给大王观看。"秦王一听说和氏璧上有瑕疵，便赶紧叫人把宝玉从后宫拿来交给蔺相如，让他指出来。蔺相如拿到了和氏璧，退后几步，倚着柱子，满面怒容，痛责秦王贪而无信，只想用空话骗取赵国的宝物。说道这时，蔺相如双手举起和氏璧，做出准备向柱子撞击的姿势，毅然说道："大王如果要用暴力夺取，臣的头颅和和氏璧将一同在柱子上撞个粉碎，决不让贵国占到半分便宜。"秦王生怕和氏璧受损，便假意取出地图指出了要用于交换的城池。

蔺相如知道秦王并不想真的交换，便对秦王说："赵王送璧到秦国来之前，斋戒了五天，还在朝堂上举行了一个很隆重的仪式。大王如果诚意换璧，也应当斋戒五天，然后再举行一个接受璧的仪式，我才敢把璧奉上。"秦昭襄王想，反正你也跑不了，只不过等几天的工夫，便同意了。蔺相如退下后，他料到秦王并没有诚意，便叫一个随从打扮成买卖人的模样，把和氏璧贴身藏着，偷偷地从小道逃回了赵国。五天以后，秦王高坐殿上，引见赵使者受璧。相如一双空手，来到殿上。他侃侃而谈，批评秦国的国君对诸侯一贯不讲信义，揭穿他割15座城只是一句空话。秦廷上上下下，相顾失色，有人想要拖相如出去斩首，秦王却说："杀了相如，也得不到璧，反而坏了两国交情。"只得放他回了赵国。

蔺相如圆满地完成了任务，回国以后受到了赵王的奖赏，被任命为上大夫，他以其过人的谋略和胆识捍卫了国家和自己的尊严，成就了历史上"完璧归赵"的一段美谈。

大义共谱将相和

渑池相会后，赵惠文王安全的回到了赵国，由于蔺相如维护国家和赵王的尊严有功，赵王封蔺相如做了上卿，位在廉颇之上。廉颇是赵国统战四方的大将，曾率军屡挫秦军，战功赫赫。赵王这样的安排让大将廉颇非常不满，他说："我作为赵国的大将，有攻城掠地的大功，蔺相如光靠一张嘴，官职反而比我还高，这太不公平了！而且他出身低微，我位于他的下面，真是耻辱！"廉颇还扬言说："我要是碰到相如，一定要羞辱他一番！"

这些话传到蔺相如耳中后，相如不怒反而更加处处小心，总是避免与廉颇见面。上朝时也总是假称有病，免得与廉颇争地位的高低先后。有一次，蔺相如乘车外出，远远的望见廉颇骑着高头大马迎面而来，急忙叫手下的人把车赶到小巷里避开。蔺相如还吩咐他手下的人，叫他们以后碰着廉颇手下的人，千万要让着点儿，不要和他们争执。相反，廉颇手下的人，看见上卿这么怕自己的主人，便更加得意忘形了，见了蔺相如手下的人总是嘲笑他们。

虽然相如能忍，但他的门客们不服了，他们认为相如胆子太小而害怕廉颇，非常气愤，便跟蔺相如说："您的地位比廉将军高，他骂您，您反而躲着他，让着他，他就越发不把您放在眼里，这么下去，我们可受不了。"蔺相如便对他们解释说："依你们看来，是廉将军厉害呢，还是秦王厉害呢？"门客们说："当然是秦王厉害了。"蔺相如说："对了，秦王这样威严万丈的君王，我都会在朝堂上斥责他，侮辱他的臣子们，我连秦王都不怕，难道我会害怕廉将军吗？不过我想，强暴的秦之所以不敢对赵国用兵，正是因为赵国文有蔺相如，武有廉颇呀。如果两虎相斗，必有一伤，那情势发展下去，赵国的实力就会被削弱，这时一旦秦国来攻打赵国，赵国就会灭亡。我对廉将军一再退让，没有其他原因，正是以国家利益为重，把私人恩怨的小事抛在脑后啊！"

蔺相如的这番话，让他手下的人非常感动，从此之后蔺相如手下的人也学他的样子，对廉颇手下的人处处谦让。此事后来传到了廉颇的耳中，廉颇为相如宽大的胸怀而大受感动，认识到相如确实胜过自己，更为自己的言行感到惭愧。为了向蔺相如请罪，廉颇脱掉上衣，在背上绑了一根刑罚用的荆杖，专程来到蔺相如的家里请罪，表示自己有罪该打。廉颇对蔺相如说："我是个粗陋浅薄之人，很多地方做得不对，想不到上卿对我如此宽容。"蔺相如见廉颇态度真诚，便亲自解下他背上的荆条，给他穿好衣服，请他坐下，两人坦诚畅叙，从此成为至交，誓同生死，同心协力保卫赵国，共同谱写了一段将相和的佳话。蔺相如机智勇敢，不畏强敌，以国家利益为重，不以一己荣辱为念的高尚品德也被人们千古传颂。

赵奢秉公执法

　　战国时期，名将如云，在赵国，与廉颇同时期的还有以军事谋略著称的大将赵奢，战绩还在廉颇之上。赵奢是赵国的名将，他在年轻的时候，曾担任赵国征收田税的小官，官职虽小，但赵奢秉公办事，认真负责，从不畏权势。有一次，赵奢带着几名手下人去征收田税，当来到显赫的平原君府上时却遇到了困难。原来这平原君名叫赵胜，是赵国的相王，也就是百官之首，又是赵王的弟弟，位尊一时。平原君的管家仗势欺人，见赵奢前来收税，根本就不把他放在眼里，而且态度十分骄横，蛮不讲理。他召来一伙家丁，把赵奢和几个手下人围了起来，不但拒交田税，还无理取闹。赵奢非常生气，他大喝道："谁敢聚众闹事，拒交国家税款，我就按国法办事。平原君是法令的制定人，他的下人就更应该积极纳税，否则以身试法必将受到法律严惩！"然而管家仗着自己是平原君家里的人，对赵奢的话根本不以为然。可结果没想到，赵奢真的依照当时的国家法律，严肃地处理了这件事，处死了平原君家包括管家在内的九名参与闹事的人。

　　平原君知道这件事后，大发雷霆，一气之下想要杀掉赵奢，有很多好心人都劝赵奢赶快逃到别国去躲一躲，免遭杀身之祸。可是赵奢一点也不害怕，反而说："我以国家利益为重，依法办事，为什么要躲避？我不仅不应该跑，还要去论个是非曲直。"于是，赵奢主动到平原君府上去，当面向平原君说道："您是赵国的王公贵族，身为相国，不应该放纵下人违反国家法令。您想一想，如果大家都不遵守国家法律，都拒不交纳国家田税，那国家的力量就会遭到削弱。国力一弱，就会遭到其他国家的侵犯，最终就会把我们赵国灭掉，我想您也不愿意看到这样的结果。像您这样身处高位的人，如果能带头遵守国家各项法令制度，带头交纳田税，那么上上下下的事情就可以得到公平合理的解决，天下人也会心悦诚服地交租纳税，那么，国家也就会强盛起来，这也是平原君您所希望看到的。您身为王族贵公子，又担当相国重任，怎么能带头轻视国家法令呢？"一席话，说得平原君心服口服，也对赵奢以国家利益为重、秉公办事的态度十分赞赏。他认定赵奢是一个有胆有识的贤能之人，于是就推荐他上朝参政，赵王命赵奢统管全国赋税。从此之后，赵国的税赋公正合理，适时按量收缴，谁也不徇私情，国库得到充实，老百姓也富裕起来。后来，赵奢因其出众的军事才华而被任用为将军，他悉心治军，带兵打了很多胜仗，成为战国时期有名的将军。

父母知子之明

　　作为赵国的良将，赵奢能文能武，机敏过人。赵奢在世之年，曾多次率领赵军打败秦国的军队，秦国都惧其威名而不敢对赵大规模用兵。赵奢有一个儿子名叫赵括，自小熟读兵法战策，自以为将来指挥战斗一定天下无敌。谈起军事战略是口若悬河，有时就连赵奢也辩论不过他，这使他的名气大震。在别人看来，能辩论过赵奢的人，水平能力就算赶不上赵奢，也不会太差。

　　就在大家都在对赵括称道的时候，作为望子成龙的父亲，赵奢却并不认为自己这个儿子有真才实学。赵奢清醒地了解到赵括的问题——视战争如儿戏。这对统兵将领来说，是致命的弱点。赵奢曾告诫过赵括的母亲，嘱咐在他死后赵国万不可用赵括为将，否则将带来亡国的后果，而他的忧虑，也最终得到应验。

　　公元前 260 年，秦军攻赵，赵将廉颇率军迎战，与赵军在长平对阵。秦军多次挑战，但廉颇始终不为所动，两军相持了几个月。赵王以为廉颇胆怯，秦军间谍借机散布谣言说："廉颇容易对付，秦军最怕用赵奢的儿子赵括为将"。赵王信以为真，下令启用赵括取代了廉颇为将。蔺相如对赵王说："赵括只懂得读父亲的兵书，不会临阵应变，不能派他做大将。"可是赵王对蔺相如的劝告听不进去。

　　得知赵括将要取代廉颇带兵打仗的消息，赵括的母亲立即向赵王上了一道奏章，请求赵王别派他儿子去。赵王把她召了来，问她什么理由。赵母说："他父亲临终的时候再三嘱咐我说：赵括这孩子把用兵打仗看作儿戏似的，谈起兵法来，就眼空四海，目中无人。将来大王不用他还好，如果用他为大将的话，只怕赵国会断送在他手里。所以我请求大王千万别让他当大将。"但赵王听后却不以为然。赵母接着又说道："他父亲作将军时，他用自己的俸禄供养的食客数以十计；他所结交的朋友数以百计；国王和王室贵族赏赐的钱财丝绸，他统统都把它们分给军吏、士大夫；从接受出征命令的日子起，就不再过问家中私事。现在赵括一日做了大将，面向东接受军吏的拜见，军吏中没有敢抬头亲近地看他的人；赵王所赐赠的金钱丝绸，他回家后也统统收藏起来；还每天寻找便宜合适的田地房屋购买，总想着扩充自己的私有。大王您认为他哪里像他的父亲？父子二人的心地不同，我希望国王不要派遣赵括为大将领兵出征啊"可赵王却坚持说："您就别管这事了，我已经决定了。"赵括的母亲无奈，只好说道："您要一定派他领兵，如果他有不称职的情况，我这个老妇人能够不随着受处罚吗？"赵王答应了。

公元前 260 年，赵括统率着 40 万大军，声势十分浩大。他把廉颇规定的一套制度全部废除，下了命令说："秦国再来挑战，我们一定迎头打回去。敌人打败了，我们就一直追下去，非杀得他们片甲不留。"秦军得到赵括替换廉颇的消息后，知道自己的反间计成功，就布置好埋伏，故意打了几阵败仗。赵括不知是计，拼命追赶。秦军把赵军引到预先埋伏好的地区，派出精兵 2 万 5 千人，切断赵军的后路；另派五千骑兵，直冲赵军大营，把 40 万赵军切成两段。赵括这才知道秦军的厉害，只好筑起营垒坚守，等待救兵。秦国又发兵把赵国救兵和运粮的道路切断了。赵括的军队，内无粮草，外无救兵，守了 40 多天，兵士都叫苦连天，无心作战。赵括带兵想冲出重围，秦军万箭齐发，把赵括射死了。赵军听到主将被杀，也纷纷扔了武器投降。40 万赵军，就在纸上谈兵的赵括手里全部覆没了，赵国也从此一蹶不振。

信陵君窃符救赵

　　战国时代末期，秦国越来越强大，为了对付秦国的入侵和挽救本国的危亡，各诸侯国纷纷开始结盟对抗。公元前 259 年，秦国出动十万大军围攻赵国的都城邯郸，企图一举灭赵，再进一步吞并韩、魏、楚、燕、齐等国，进而完成统一中国的计划。当时的形势十分紧张，特别是赵国的首都邯郸被围告急，各诸侯国都害怕秦国，所以没人敢来援助。而魏国是赵国的近邻，又是姻亲之国，所以赵国只得向魏国求援。

　　对于魏国来说，唇亡齿寒，救邻国其实就是救自己，存赵就是存魏，如果赵国亡了魏国也将随之灭亡。魏安王明白其中道理，便派将军晋鄙率领十万部队援救赵国。秦王听说魏国要援助赵国后，就派使者警告魏王说："邯郸早晚得被秦国攻下来，谁敢去救，等我灭了赵国，就攻打谁。"魏安王非常害怕，他想要进兵，怕得罪秦国；不进兵又怕得罪赵国，只好让军队停留在邺城就地安营，名义上是援救赵国，实际上是观望。

　　赵王见魏国迟迟不来营救十分着急，就叫平原君给魏国公子信陵君魏无忌写信求助，因为平原君的夫人是信陵君的姐姐，两家是亲戚。魏公子无忌是魏昭王的小儿子，魏安王的异母弟弟，昭王去世后，安王继位，封公子为信陵君。信陵君为人心性仁厚，他接到信后，三番五次地央告魏安王进兵，可魏王说什么也不答应。信陵君没办法，决心杀身成仁，于是他约请宾客，准备车骑百余辆，组织了一支千余人的军队，打算凭一己之力去救援赵国。当时信陵君有一个叫做侯生的门客，知道信陵君的计划后劝他不要以卵击石，而是献给他另外一条计策。侯生的计策是：让信陵君请魏安王的宠妃如姬帮忙，盗出魏国的虎符。虎符到手后，即可命令晋鄙出兵，北边可以援救赵国，西边可以打退秦军。这是一条妙计，信陵君接受了侯生的建议，请求如姬相助。

如姬之所以能够帮助信陵君，也是源于一件往事。当初如姬的父亲被人害死，她要求大王给她寻找那个仇人，可找了3年都没有找到。后来还是信陵君的门客找到了那个仇人，替如姬报了仇，因此如姬非常感激公子。而魏国的虎符藏在魏王的卧室里，只有如姬能把它拿到手。信陵君请求如姬帮忙，如姬一口答应下来。不久，她便盗出了魏国的虎符，信陵君得到虎符后，便打算前往晋鄙军中。临行前，侯生对他说："将在外君命有所不受，如果晋鄙不肯把兵权交给信陵君，而是要再次请示魏王，那事情就一定很危险了。所以请信陵君带一位猛士朱亥同往，晋鄙听从最好，如果不听，可以让朱亥击杀他。"朱亥被信陵君的大义所感动，答应与他同行。一切都准备好了，信陵君到侯生那里辞别，侯生对他说："我本来应当跟随公子一同前往，但因为年老而不能同行，请让我计算公子的行期，在你到达晋鄙军营的那一天，我将面朝北方自杀，以此来给公子送行。"侯生的话让信陵君感动不已。

信陵君与侯生诀别之后，带着朱亥和门客到了邺城，见到晋鄙后，他假传魏王的命令，要晋鄙交出兵权，晋鄙验过虎符，但仍旧有点怀疑，说道："这是军机大事，我还要再奏明大王，才能够照办。"朱亥见晋鄙不从，便从袖子里取出藏着的铁锥，结果了晋鄙的性命，信陵君就此接管了晋鄙的军队。而这时，他也接到了侯生面朝北方自杀的消息，这让信陵君悲痛不已，也更加坚信了自己的行动。信陵君拿着兵符，首先对魏国的将士宣布一道命令："父子都在军中的，父亲可以回去；兄弟都在军中的，哥哥可以回去；独子没有兄弟的，都可以回去照顾他的父母；其余的人都跟我一起去救赵国。"当下，信陵君就挑选了8万精兵，出发去救邯郸。魏军被信陵君的仁义所感动，个个作战勇猛，在信陵君的亲自指挥下，将士们冲锋陷阵，打得秦军落花流水，战败而逃，赵国得救。

信陵君救了邯郸，保全了赵国，赵孝成王和平原君非常感激他。赵王对信陵君拜了又拜说道："自古贤德的人没有比得上公子的。"为了感谢信陵君在危难之际的义举，赵王要把5座城邑封赏给信陵君，但是信陵君却谦让自责，不肯居功，这也使他更加赢得了尊重，留下了千古美名。

不食嗟来之食

　　生活当中，我们听过很多关于尊严的故事，人们为了尊严，可以放弃荣华和富贵，有时甚至可以放弃生命。春秋战国时期，各诸侯国互相征战，百姓生活困苦，这一年，齐国发生了严重的旱灾，一连数月都没有下雨，田地干涸，庄稼颗粒无收，很多穷苦人家只能靠吃草皮树根度日。可连这些东西也要被吃光的时候，穷人们便眼看着要被一个个饿死了。

　　相比之下，富人们的日子就要好过多了，他们家里的粮仓堆得满满的，每天照样吃香的喝辣的。当时有一个富人名叫黔傲，看着穷人一个个饿得东倒西歪，他反而觉得幸灾乐祸。黔傲摆出一副救世主的架子，想拿出一点粮食给灾民们吃，他把做好的窝窝头摆在路边，施舍给过往的饥民。每当过来一个饥民，黔傲便丢过去一个窝窝头，并且傲慢地叫着："叫花子，给你吃吧！"有时候，过来一群人，黔傲便丢出去好几个窝头让饥民们互相争抢，黔傲在一旁嘲笑地看着他们，觉得自己真是大恩大德的活菩萨。

　　这时候，有一个瘦骨嶙峋的饥民走了过来，只见他满头蓬头垢面，衣衫褴褛，将一双破烂不堪的鞋子用草绳绑在脚上，他一边用破旧的衣袖遮住面孔，一边摇摇晃晃地迈着步。由于几天没吃东西了，他已经支撑不住自己的身体，走起路来有些摇摇晃晃。黔傲看见这个饥民的模样，便特意拿了两个窝窝头，还盛了一碗汤，对着这个饥民大声吆喝着："喂，过来吃！"饥民像没听见似的，根本没有理他。黔傲又叫道："嗟，听到没有？给你吃的！"只见那饥民突然精神振作起来，瞪大双眼看着黔傲说："收起你的东西吧，我宁愿饿死也不愿吃这样的嗟来之食！"黔傲万万没想到，饿到如此地步的饥民竟还保持着人格的尊严，这让黔傲一下子觉得很惭愧，一时说不出话来。

　　这个饥饿的人之所以不吃黔傲的食物，是因为黔傲视穷人为猪狗，并没有真心实意的想帮助他们，对于这种带有侮辱性的施舍，饥饿的人用行动展现了自己做人的骨气，"不食嗟来之食"也因此成为教育人们要有骨气的励志名言。

季布因守信而得救

秦朝末年，在楚地有一个名叫季布的人，他性情耿直，拥有一身好武艺，总是愿意行侠仗义，只要是他答应过的事情，无论有多大困难，他都会设法办到，也因此赢得了很多赞誉，大家都愿意与他结交。季布帮助过很多穷苦的人，而且一向说话算数，这使他在长江中游一带很有名声，老百姓都说："得黄金百两，不如得季布一诺。"后来这个谚语就演变为成语"一诺千金"。

楚汉相争时，季布是项羽的部下，曾几次献策使刘邦的军队吃了败仗，刘邦当了皇帝后，想起这事，就气恨不已，于是便下令全国通缉季布。而很多敬慕季布的人，都不顾生死在暗中帮助他。最初季布躲在好朋友周氏家里，周氏对他说："你是楚霸王的猛将，个子又高，很多人都认识你。如今将军在我家，你要是不愿听我的话，我只好先去自首，免得连累他人。如果愿意听我的话，我倒是有一条计策献上。"季布想了想后斩钉截铁地说："愿意听从安排！"周氏高兴地说："这就对了，人们都说：得黄金百斤，不如得季布一诺。你答应别人的事情不会反悔。我现在要把你装扮成奴隶，运到山东朱家，他是一个行侠仗义的性情人，而且与朝中大臣很有交情，恐怕只有他才能够救你。"于是，季布便听从了周氏的安排。

第二天一清早，周氏把季布和几个家奴关进了马车，自己亲自押解着向山东出发了。几天后到了山东朱家的府上，他指着季布对朱家说："这个奴隶性子刚烈，希望先生多多照顾。"朱家仔细一看，认出这个奴隶是季布，但仍然不动声色的收留了他。周氏走后，朱家来到洛阳，求见刘邦的老朋友汝阴候夏侯婴。

夏侯婴见到老朋友忙设宴款待，席上朱家问道："不知季布犯了什么大罪，皇上要缉拿他？"夏侯婴回答说："季布屡次为项羽去围困皇上，皇上因此很怨恨他。"朱家又问："依您看，季布是一个什么样的人呢？"夏侯婴说："平心而论，季布也是个人才，作战勇敢，为人又很讲信用。"朱家听后便趁机说道："做臣下的人，都会各为其主，过去季布是项羽手下的大将，他为项羽出力，那是在尽他的职责。皇上与项羽也曾约定为兄弟，淮阴侯韩信等一大批人，也都当过项羽的臣下。如今皇上要凭自己的一己私怨在全国通缉季布，怎么能团结天下人共同治理国家呢？您应该把这个道理向皇上奏明啊！"夏侯婴听了朱家的一席话，频频点头，他心想季布必定会在朱家那里，就决定帮助他们。夏侯婴第二天就去见了皇帝，把朱家的话一五一十的奏给了刘邦。刘邦觉得他说的有道理，便下令撤消了对季布的通缉令，赦免了季布，还封季布做了郎中，不久又改做河东太守。

　　由此看来，一个人诚实有信，自然得道多助，能获得大家的尊重和友谊。反过来，如果贪图一时的安逸或小便宜，而失信于朋友，表面上是得到了"实惠"，但实际上毁了自己的声誉，更是得不偿失。

苏武誓不辱国

公元前三世纪的战国时期，匈奴族在我国北方的大草原上逐渐兴起。秦末汉初，匈奴的势力达到鼎盛，统治着我国北方的大片区域。由于匈奴生活在天寒地冻、风雪交加、物资匮乏的艰苦环境中，使得他们各个英勇善战，身强体壮。他们不仅各部落之间经常征战，还常常进犯秦汉边境。而汉王朝当时的经济力量尚未恢复，因此从刘邦到汉武帝初年，一直对匈奴采取和亲的政策，每年送给匈奴大量的礼物和金钱。但是，和亲政策并没能完全阻挡匈奴贵族的掠夺，汉朝的北部边疆仍然时常遭到破坏，无数的汉族人民被抢走或杀死。汉武帝时，西汉经过近七十年的休养生息，社会经济有了很大发展，军事力量也得到加强。汉武帝决定改变和亲政策，先后派出卫青和霍去病统领大军，发动了全面反击匈奴的战争，经过几年的征战，汉军大获全胜凯旋而归。匈奴自从被卫青和霍去病打败以后，双方和平相处了几年，但他们表面上要跟汉朝和好，实则背地里还是准备随时进犯中原，就连汉朝派去出使匈奴的使者也经常被单于扣留。

公元前100年，汉武帝正准备再次派兵攻打匈奴，匈奴便提前派使者来求和了，还把匈奴以前扣留的汉朝使者都放了回来。汉武帝为了答复匈奴的善意表示，便派中郎将苏武拿着旌节，带着副手张胜和随员常惠出使匈奴。苏武到了匈奴后，送上了礼物，完成了出使任务，正准备等单于写个回信让他回去，没想到就在这个时候，却出了差错。

原来有一个生长在汉朝的匈奴人，叫卫律，几年前在出使匈奴时禁不住诱惑投降了匈奴，单于封他为王，而且还很重用。卫律有一个部下叫作虞常，他对卫律很不满，便计划刺杀卫律，但却没有成功，卫律对虞常百般审问后发现，虞常跟汉朝使者的副手张胜是朋友，而虞常在刺杀卫律之前曾跟张胜提过他的刺杀计划。卫律认为汉朝的使者是虞常的同谋，便报告给单于，单于大怒，想杀死苏武等人，被大臣劝阻了，单于又叫卫律去逼迫苏武投降。苏武一听卫律叫他投降，就说："我是汉朝的使者，如果违背了使命，丧失了气节，活下去还有什么脸见人。"说完便拔出刀来想要自尽，卫律慌忙阻止，但此时的苏武已经受伤昏了过去。卫律赶快叫人抢救，苏武才慢慢的苏醒过来。

单于觉得苏武是个有气节的好汉，十分钦佩他，等苏武伤痊愈了，单于又想逼苏武投降。单于派卫律审问虞常，让苏武在旁边听着，卫律先把虞常定了死罪，立刻斩首。接着，又举起剑来威胁张胜，张胜贪生怕死，立刻投降了。卫律又举起剑威胁苏武，苏武毫无惧色。卫律无奈，只好把举起的剑放下来，劝苏武说："我卫律以前背弃汉廷，归顺匈奴，幸运地受到单于的大恩，赐我爵号，让我称王，给我几万名的部下和满山的牛羊，享尽富贵荣华。苏君你今日投降，明天也跟我一样，何必白白送掉性命呢？又有谁知道你呢？"苏武对他的话毫无反应，卫律又说："你顺着我而投降，我与你结为兄弟，今天不听我的安排，以后再想见我，就没有机会了！"苏武听后愤怒地说："卫律，你是汉人的儿子，做了汉朝的臣下。你忘恩负义，背叛了朝廷，厚颜无耻地在异族做了汉奸，还有什么脸来和我说话？我决不会投降，你怎么逼我都没用！"

卫律知道苏武终究不可胁迫投降，只好向单于报告，单于听后非常生气，越发想要使他投降，就派人把苏武囚禁起来，放在大地窖里面，不给他吃的喝的，想用长期折磨的办法，逼他屈服。而此时正是寒冬腊月，外面下着鹅毛大雪，苏武忍饥挨饿，渴了，就嚼一把雪止渴；饿了，就扯一些皮带、羊皮片啃着充饥，过了几天，居然没有饿死。匈奴以为神奇，就把苏武押送到北海边上的荒芜之地，让他在那里放牧公羊。苏武问何时才能放他回到汉朝，得到的答复却是："那就等到公羊生了小羊再放你回去。"同时把他的部下及其随从人员常惠等人分别安置到了别的地方服役。

苏武在荒无人烟的北海，唯一和他做伴的就是那根代表汉朝的旌节。

匈奴不给口粮，他就掘野鼠洞里的草根充饥。一直到了公元前85年，匈奴的单于死了，匈奴发生内乱，分成了三个国家。新单于没有力量再跟汉朝打仗，于是又打发使者来求和。那时候，汉武帝已经去世，他的儿子汉昭帝即位。汉昭帝派使者到匈奴去，要单于放回苏武等人，单于谎说苏武已经死了。第二次，汉使者又到匈奴去，苏武的随从常惠还在匈奴，他买通匈奴人，私下和汉使者见面，把苏武在北海牧羊的情况告诉了使者，让他设法搭救。使者见了单于，便设计责备他说："匈奴既然真心想同汉朝和好，就不应该欺骗汉朝。我们皇上在御花园射下一只大雁，雁脚上拴着一条绸子，上面写着苏武还活着，你怎么说他死了呢？"单于听了吓了一跳，他还以为真的是苏武的忠义感动了飞鸟，连大雁也替他传递消息，便立刻向使者道歉说："苏武确实还活着，我们把他放回去就是了。"苏武这才得以重返汉朝。

苏武40岁出使匈奴，在饱受了十九年的折磨后，终于回到故土。当已经满头白发的苏武终于回到长安，全城的百姓都出来迎接他，当大家看到白胡须、白头发的苏武手里依旧拿着他出使时的旌节，纷纷感动得落泪，苏武也被赞颂为忠肝义胆、不辱使节的真丈夫。

昭君出塞为和平

　　汉朝经过几代的发展，到汉宣帝时，国力已经进一步强盛，而此时的匈奴却因为内讧而四分五裂。主张与汉朝和好的呼韩邪被他主张征战的哥哥郅支打败后，便率部队投降了汉朝，成为第一位到中原来朝见的匈奴单于，汉宣帝也因此给予他极高的礼遇。呼韩邪在长安居住了一个月，见识到汉朝的强盛，领略了别样的中原风情，等呼韩邪离京时，汉宣帝派万名精兵护送，还赠送给他许多粮食作为礼物。

　　回到匈奴之后的呼韩邪，随着他哥哥郅支单于的死亡，地位逐渐得到稳固，他心里感念汉朝对自己的帮助，也对中原生活久久不能忘怀。公元前33年，呼韩邪再次来到长安，向已经即位的汉元帝表达自己诚恳的心愿，希望和汉族和亲，世代和汉朝亲好。汉元帝听后立即应允了他的请求，并决意挑选一名宫女以公主的身份嫁给呼韩邪。

　　汉元帝向后宫传达了圣意："谁如果愿意嫁到匈奴去，就给予公主的待遇。"虽然能得到公主的礼遇很难得，但是一想到要嫁到偏远且环境恶劣的蛮荒之地，而且匈奴和汉朝一直关系不稳定，万一战火再起还会有性命之忧，宫女们还是望而却步了，这让管事的大臣非常着急。

　　此时，有一位叫王昭君的宫女主动请缨，自愿到匈奴去和亲。原来，这位宫女名叫王嫱，又叫昭君，长得十分美丽，又很有见识。长期居于后宫，使她早已厌倦了这种不见天日、你争我斗的日子，如果能够争取这次机会出宫，为两个民族的和平做点事，对一位深居后宫的女子来讲意义非凡。昭君的报名乐坏了管事的大臣，他赶忙上报了汉元帝。汉元帝当即决定立刻挑选良辰吉日，以公主的礼遇为王昭君和呼韩邪单于完婚。单于得到了这样年轻美丽的妻子，又高兴又激动。在长安完婚后，呼韩邪单于就要返回匈奴了。临行前，呼韩邪和昭君一同觐见汉元帝，感谢圣恩，汉元帝这才看见仪态大方、美丽端庄的王昭君，他立刻觉得惊为天人，心里很舍不得王昭君离去，但事已至此，只好忍痛割爱送走了昭君，并陪送了丰厚的嫁妆。

王昭君在汉朝和匈奴官员的护送下，离开了长安。她骑着马，冒着刺骨的寒风，走在前往匈奴的路上，想着自己的过往感慨万千，如今又远嫁他乡，不知何时再见父母亲友，离愁别绪顿时涌上心头，可昭君明白她此行的意义非凡，身上肩负着重要的使命，这使她暗自发誓一定要尽自己最大的努力维护民族和平。

呼韩邪单于对来到匈奴的王昭君特别好，将她封为王后。王昭君在匈奴期间，参与政事，对于汉朝和匈奴间的沟通与和睦起着调和作用。她多次劝说单于不要去发动战争，应该明廷纲，清君侧，修明法度，多行善政，举贤授能，奖励功臣，以得民心，取汉室之优，补匈奴之短。她还把汉朝先进的农耕技术和文化传给匈奴，帮助匈奴人民发展生产。在王昭君的帮助下，呼韩邪部落逐渐发展、强盛起来，人民生活水平也显著提高。打这以后，匈奴和汉朝和睦相处，有六十多年没有发生战争，饱经战乱之苦的汉匈各族人民，都深深地爱戴着这位美丽的和平使者。王昭君死后，单于遵照她的遗愿，将她葬在能够看见家乡的地方——归化。而归化原本是个偏僻荒凉的地方，王昭君下葬后，这里竟然长出茂盛的青草，因此大家都称她的墓为"青冢"。昭君出塞，如同一条无形的纽带，密切了西汉王朝与匈奴之间的关系，播下了汉匈两族和平友好的种子，成为我国历史上民族团结的典范，千百年来为人们所世代称颂。

韩信千金报饭恩

韩信是我国西汉初期著名的军事家，雄才大略，富有将才，在协助刘邦打败项羽、建立西汉王朝的过程中，起着重要作用。韩信传奇的一生，留下过诸多千古美谈：明修栈道、暗渡陈仓、四面楚歌、十面埋伏等等，这些典故都被后世所津津乐道。然而，就是这样一个堪称伟大的杰出人物，却曾经历过凄苦的少年时代。

韩信从小喜读兵书，一心想着能披挂上阵，在战场上建功立业，当个将军。但在他年轻的时候，却没有人赏识他的才气，很不得志。那时候，韩信很穷，日子过得非常清苦，为了糊口，他经常到江边去钓鱼，碰上好运气，倒也能钓几条小鱼换些钱勉强度日。可是钓鱼也很不容易，每当钓不到鱼时，他就要饿肚子。有一天，韩信又到江边去钓鱼，眼看着已经过了晌午，可是连一条鱼也没有钓上来。韩信又饿又累，没办法就在那里望着手中的鱼竿发呆。碰巧这时江边有一位以洗衣为生的老大娘，看到韩信一个人在那里郁郁寡欢，垂头丧气，就十分关心地走过来问道："年轻人你怎么了？有什么心事吗？"韩信抬起头，见是一位慈祥的老大娘在问他，就如实告诉她说："老大娘，我家里没有吃的了，想钓几条鱼换点钱买点东西吃，可到现在连一条鱼也没有钓到，这可让我怎么活呀？"老大娘听了，不由得心生同情，于是就对他说："年轻人，如果你不嫌弃，就到我家先吃些东西填填肚子吧！"韩信当然不会嫌弃，于是就收了鱼竿跟老大娘回家了。

韩信和老大娘一路走一路说着话，老大娘从韩信的话中了解了韩信的家世和抱负，从心里喜欢这个虽然生活困苦但却有理想的年轻人。这以后，老大娘经常送些饭菜给韩信吃，韩信非常感激。一天，老大娘又给韩信送来了一些饭菜，韩信很感动，就对老大娘说："大娘，您对我真好，等我以后做了大事，一定要好好地报答您老人家。"老大娘听了这话却有些生气地说："你以为我是为了让你报恩才帮你的吗? 错了，我是看你相貌堂堂，好像一个王孙公子，不忍你挨饿，才给你饭吃，哪里是图你报答！"韩信听了老大娘的话觉得很惭愧，立志要做出一番事业来。不久，韩信就拜别了老大娘，离开了家乡，外出闯荡去了。

很多年过去了，韩信成了刘邦军中的名将，帮助刘邦打下了天下，建立了汉朝。刘邦封他为楚王，有了很高的声望。但是，他心里一直惦记着当年接济过他的那位老大娘。韩信派人打听到了老大娘的下落，经常让人给老大娘送去各种物品，好让老大娘不再过那劳碌贫困的生活，而且还特意回家乡看望老大娘，给老大娘送去了一千两黄金。老大娘感激地说到："你不要拿这些钱给我，我已经老了，活不了几天了，要这么多钱没有什么用了。我也没有为你做过什么大不了的事，哪能要你这么多的钱呢?"韩信恳切地说："当年我饿肚子的时候，您给我吃的虽然是粗茶淡饭，但对我来说却比山珍海味还要可贵。您当时自己的生活也很不容易，还肯帮助我，现在我有能力了，理应报答您老人家。而且当年我也说过，等我以后做了大事，一定会好好报答您的！"老大娘听了他的话感动的泪流满面，韩信说道："我知道，您当年不是为了要我报答才帮助我，但也正因为如此，我才更感到您是真心对我好，我就更应当好好地感谢您、报答您！"

俗话说"滴水之恩，当涌泉相报"，韩信在困难时得到老大娘的接济，表示要好好报答她老人家，这是人之常情；韩信功成名就后不忘老大娘的恩德，知恩图报，这是践诺，同样也是守信。

汉文帝崇尚节俭

　　节俭是一种美德，古今中外，大凡情操高尚、自律奋进的人都十分崇尚节俭。西汉的汉文帝就非常崇尚节俭，他廉洁爱民，严于律己，励精图治，才造就了"文景之治"的盛世。

　　汉文帝刘恒是汉高祖刘邦的第四子，24岁时登上皇位，他在位期间，正是汉朝从国家初定走向繁荣昌盛的过渡时期，然而汉文帝却十分节俭，他在位的23年，没盖宫殿，没修园林，甚至连车骑服御之物都没有增添一件，而且屡次下诏禁止郡国贡献奇珍异宝，平时的穿戴也都是用粗糙的黑丝绸做的衣服，这样的皇帝在我国的历代帝王中实属少见，可谓是注重简朴的典范。在文帝当政时，社会生产生活有了一定发展，人们已经穿上了布鞋，原来的草鞋就逐渐沦为贫民的穿着。但由于制作草鞋的材料以草和麻为主，非常经济，而且取之不尽，用之不竭，汉文帝虽贵为天子，但也非常喜欢，每每上朝仍然还穿着草鞋，做出了勤俭节约的表率。不仅是草鞋，就连他的龙袍，也是当时一种很粗糙的色彩暗淡的丝绸做成的。而就是这样的龙袍，汉文帝也一穿就是好几年，破了就打个补丁再穿。汉文帝自己穿粗布衣服不说，就连后宫的妃子们也是朴素服饰。当时，贵夫人们长衣拖地是很时尚的，而他为了节约布料，即使给自己最宠幸的夫人，也不准衣服长得下摆拖到地上。宫里的帐幕、帷子等就更不能有刺绣和花边了。

　　古代皇帝住的宫殿，大都要修建又大又漂亮的露台，用来欣赏室外美景。汉文帝也想造一个露台，他让工匠们算算要花多少钱。工匠们说，不算多，大概一百斤金子就足够了。汉文帝听后吃了一惊，忙问："这一百斤金子合多少户中等人家的财产？"工匠们粗粗地算了一下说："十户"。汉文帝连忙又摇头又摆手的说："现在朝廷的钱很少，还是把这钱省下吧。"汉文帝总是把节省下来的钱用来关心老百姓的疾苦，在他刚当上皇帝不久时就下令：由国家供养 80 岁以上老人，每月发给他们米、肉和酒；对 90 岁以上的老人，再增发一些麻布、绸缎和丝绵，给他们做衣服。文帝还亲自耕作，做天下的表率，推动了生产力的迅速恢复与发展。

文帝临死前，在遗诏中痛斥了厚葬的陋俗，要求为自己简办丧事，对待自己的归宿"霸陵"提出明确要求："皆以瓦器，不得以金银铜锡为饰，不治坟，欲为省，毋烦民。"一切都按照山川原来的样子因地制宜，建一座简陋的坟地，没有大兴土木，没有改变山川原来的模样。成由勤俭败由奢，像汉文帝这样一生为民、俭朴勤政，孜孜以求的皇帝，历史上并不多见。后来赤眉军攻进长安，所有皇陵都被挖了，唯独没动汉文帝的陵墓，因为知道里面也没有什么好东西。文帝当政期间，以他的仁政，使社会稳定、经济繁荣，为他的接班人景帝再创辉煌打下了坚实的基础，而他自己也成为名垂青史的一代明君。

"一钱太守"清名惠政

在我国历史上的东汉时期，有一位清官闻名古今，他就是被称为"一钱太守"的刘宠，为什么被称为"一钱太守"，这里面有一个典故。

刘宠字祖荣，东莱牟平人，他的父亲刘丕，博学多才，刘宠从小就跟随父亲熟读诗书，学得满腹经纶，成年后被举为孝廉，出任会稽太守。主政期间，刘宠严于律己，宽政爱民，他发动民众兴修水利，发展农桑生产，还废除了不少苛捐杂税，减轻了老百姓的徭役，做了不少好事，受到人们的拥戴。刘宠秉性刚正不阿，他常常微服察访，不畏权贵，处事公正廉明，从不收取份外之财物。由于刘宠的勤政廉政，为百姓造福，使得当地生产蒸蒸日上，百姓安居乐业，在历史上赢得"狗不夜吠，民不见吏"的美誉，父老乡亲无不对刘宠交口称赞。

由于刘宠政绩卓著，不久后，朝廷征召他进京，准备授予他更高的官职。刘宠离开的那天，老百姓们纷纷赶来为他送行，一直送到距郡城西五十里的西小江畔。在送行的人群中，有五六个七八十岁的老人，他们都是会稽郡下属山阴县的老农，特地从离城几十里的山乡赶来。他们每人手里都拿着一百个铜钱，要把铜钱作为礼物送给刘宠。刘宠见了这些老人，心中十分感动，便对他们说："父老乡亲们这么大年纪，从那么远的山村赶来，让我非常感动，也让我心中不安。"老人们满脸笑容地说："我们几个是平日只知种地的山野村民，一生中从来没进过城。从前官吏们下乡征收租税，常常弄得鸡飞狗跳，老百姓怨声载道，不得安宁。自从老爷到任以后，减轻了我们的赋税，我们的生活也一点点好起来。我们老百姓能过太平日子，都是老爷所赐。如今听说老爷离任高升，我们结伴前来为你送行，表达一下我们微薄的心意。"说罢，他们一起把手中的一百个铜钱递给刘宠，坚持要他收下。刘宠十分感动地说："大家的心意我领受了，这钱我不能收，还是请带回吧！"可是，这几个老翁执意赠送，刘宠不收，他们就不肯离去。刘宠见父老们的盛情难却，便象征性的从中挑选了最大的一枚钱币收下，并感慨地说："为官之道，舍一分则民多一分赐；取一文则官少值一文钱！"

后来，刘宠将这收来的一枚钱币投入到西小江中，还给了绍兴，百姓感念刘宠的清廉，称赞他为"一钱太守"，将西小江称为"钱清江"，并临江构筑"清水亭"，建造刘太守祠，以此纪念。刘宠到京城后，曾历任宗正大鸿庐、司空、司徒、太尉等重要官职，但他仍保持着"一钱太守"的清誉，虽官居高位，却家无余财，受到人们的敬重和赞颂。

杨震拒金恪守廉洁

东汉时期，有一位名叫杨震的官员，他为人公正廉洁，不谋私利，是一位难得的清官。杨震字伯起，是弘农华阴人，他出身名门，从少年起就聪明好学、博览群书、精通经传，对各种学问都深入钻研。在没有做官之前，杨震非常热衷教育事业，他在家乡开办了学堂，坚持有教无类，不分贫富，因此很多学生慕名而来，使他的学生越来越多，名气也越来越大，人们都称赞他为"关西孔子杨伯起"。

由于杨震办学多年，为国家培养了很多人才，举荐过很多有识之士，因此声名大噪。当时的大将军邓骘很敬重杨震的学识和贤能，就征召杨震到自己的府内任职。上任不久，杨震又被推举为茂才出任地方官，先后升迁为襄城令、荆州刺史、东莱太守、涿郡太守，再调升为九卿之一的太仆、太常，后又晋升为三公的司徒、太尉。

杨震任荆州刺史时发现王密才华出众，便向朝廷举荐王密为昌邑县令。后来他调任东莱太守，途经王密任县令的昌邑时，王密亲赴郊外迎接恩师。晚上，王密前去拜会杨震，俩人聊得非常高兴，不知不觉已是深夜。王密准备起身告辞，突然他从怀中捧出十斤黄金，放在桌上说道："恩师难得光临，我准备了一点礼物，以报恩师栽培之恩。"杨震脸色严肃起来说道："以前正因为我了解你的真才实学，所以才举你为孝廉，希望你做一个廉洁奉公的好官。可你如今这样做，岂不是违背我的初衷和对你的厚望？你对我最好的回报是为国效力，而不是送给我个人什么东西。"王密一时紧张，也没听明白杨震的责备之意，还坚持说道："三更半夜，不会有人知道的，恩师请收下吧！"杨震立刻变得非常生气，声色俱厉地说："你这是什么话，天知，地知，我知，你知！你怎么可以说，没有人知道呢？没有别人在，难道你我的良心就不在了吗？"王密这才明白过来，大感惭愧，赶紧收拾东西满脸通红而去。后来，杨震"暮夜却金"的事影响很大，后人因此称杨震为"四知先生"。

杨震为官几十年，从不享受特权、牟取私利，他的子孙们也和平民百姓一样，过着节衣缩食、十分简朴的生活。很多亲朋好友都劝他为子孙后代置办些产业，杨震却坚决不肯，他回答说："让后世人都称他们为清白官吏的子孙，这样的遗产，难道还不丰厚吗？"正因为杨震为人刚正不阿，为官恪尽职守，公正廉洁，使他的高尚品德为世人所称赞，成为后人廉洁从政的学习榜样。

苏章不徇私情

东汉时期，出了一位有名的清官，名叫苏章，字孺文，他为官清正、公私分明，从来不因自己的个人利益喜好而徇私枉法，因此深受百姓的拥护和爱戴。

汉顺帝在位的时候，苏章升职担任了冀州刺史。上任伊始，苏章便认认真真地处理政事，办了几件颇为棘手的案子。可是有一天，令苏章头疼不已的事情终于来了。原来在冀州下辖有一个清河郡，清河郡的太守是个贪赃枉法、横行乡里的昏庸赃官，当地的老百姓都对他恨之入骨。苏章在考核当地官吏们的政绩时，发现有几笔财物账目含混不清，不由得起了疑心，就派人去调查。调查的人很快就发现了原因并呈上了报告，说是清河太守不仅欺压百姓，而且贪污受贿，数额巨大。苏章听后大怒，决心马上将这个胆大妄为的清河太守逮捕法办，可是当他听到清河太守的名字上时，不由得愣住了。原来这个清河太守正是他以前的同窗，也是他那时最要好的朋友，两个人总是形影不离，一张桌子吃饭、一张床睡觉，无话不谈，情同手足。如今没有想到这位老朋友的品行竟会堕落到这种地步，苏章感到非常痛心，同时，想到自己要处理这件案子也感到非常为难，对老朋友如何下得了手呢？

而当那位清河太守知道自己东窗事发后，感到非常害怕。而他听说冀州刺史是自己的老朋友苏章时，心里又存有几分侥幸，希望苏章能念及旧情，高抬贵手，网开一面。但是他对于苏章清廉的名声也有所耳闻，不知道苏章究竟会怎样对待自己。正在他担惊受怕、惶惶不可终日的时候，苏章派来了手下人请他去赴宴，这让清河太守看到了希望，他想苏章一定是顾念他们昔日的友情，想放自己一马。当苏章一见老友，忙迎上去拉着他的手，领他到酒席上坐下。两个人相对饮酒说话，痛痛快快地叙着旧情，苏章也绝口不提案子的事，还不停地给老友夹菜，气氛非常融洽。这时候，清河太守心里的一块石头终于落了地，他不禁得意地说道："苏兄呀，我这个人真是命好，别人顶多有一个老天爷照应，而我却得到了两个老天爷的荫护，实在是幸运啊！"言下之意，是在说苏章是他的保护伞，并不会真的秉公执法。听了这话，苏章推开碗筷，站直身子整了整衣冠，一脸正气地说："今晚我请你喝酒，是尽私人的情谊；明天升堂审案，我仍然会公事公办。公是公，私是私，我绝对不会徇私枉法！"第二天，苏章开堂审案，果然不徇私情，将清河太守的罪行一一陈述，并按照国法将罪大恶极的清河太守正法了。围观的老百姓们见此情景，个个都喜出望外，叹服苏章的德行人品，称赞他是一位公私分明，一心为国家和人民做事的好官。

孔融让梨

东汉时候，有个名叫孔融的孩子，他的家中有七个兄弟，他排行第六，下面还有一个弟弟。从小孔融就才思敏捷，聪慧好学，不仅会背诵许多诗词歌赋，而且很懂事，凡事都会多替别人着想，深得父母的喜爱。

有一次，孔融父亲的一个朋友来家中做客，还带了一盘梨子当礼物，父亲于是让孔融先挑梨吃，然后再把梨分给兄弟们。孔融接过了梨子，发现梨子有大有小，他不挑好的，也不拣大的，只拿了一只最小的梨子留给自己，其余的再按照长幼顺序分给了兄弟们。爸爸看见孔融的举动，心里很高兴，心想：别看这孩子刚刚四岁，却懂得应该把好的东西留给别人的道理呢。于是他故意问孔融："盘子里这么多的梨，又让你先拿，你为什么不拿大的，只拿一个最小的呢？"孔融回答道："因为我年纪小，应该吃小的，大的应该给哥哥们。"父亲又说："那弟弟比你小，你怎么不把小的给弟弟呢？"孔融又说："因为弟弟小，

我得让着弟弟,应该把大的梨留给他。"父亲听了孔融这么说,心理非常安慰,笑着说:"好孩子,真是好孩子,你有这样谦让的品行,以后一定会很有出息。"

后来,孔融长大之后果然成为了著名的文学家,孔融让梨的故事也传开了,成为许多父母教育子女的榜样。

诸葛亮为国鞠躬尽瘁

　　提起三国历史上的诸葛亮，可谓是无人不晓，他是我国历史上著名的政治家、军事家，更是智慧和忠诚的代表人物。诸葛亮字孔明，号卧龙，生于官吏之家，熟知天文地理，精通兵法战术。他一生辅佐刘备、刘禅两代君主，任蜀相27年，位极人臣，权盖朝野，却从不因位高权重而养尊处优，他一生克己奉公，始终保持着为国为民的清廉本色。

　　刘备三顾茅庐，诸葛亮被他的诚意深深感动，从此跟随刘备南北征战，屡建奇功，留下了一段段智慧谋略的佳话：隆中对、草船借箭、七擒孟获等等，被后世所津津乐道。诸葛亮以其卓越的政治军事才能辅助刘备建立蜀国，兴汉业，励精图治，呕心沥血。刘备死后，诸葛亮又"受任于败军之际，奉命于危难之间"，为辅助后主刘禅，诸葛亮对于蜀国国事，无论巨细，每必亲躬。建兴五年，诸葛亮为了消灭北魏的有生力量，实现匡复汉室的宏伟大业，决定亲率大军北伐曹魏。临行前，诸葛亮对朝中事务一一作了交代和安排，并为后主刘禅留下了流传千古的名篇《出师表》，希望他能励精图治，有所作为。从建兴五年到十二年，诸葛亮先后带兵进行了五次北伐，不远千里、不辞辛劳，对于军中的大小事务，诸葛亮都一丝不苟的亲自过问，最终因长期废寝忘食而心衰力竭，在第五次北伐时病倒在五丈原前线的大营中。

　　后主刘禅在成都听说丞相病重，立刻派李福前去探望。病床上的诸葛亮一见到李福，不禁老泪纵横，感念自己没能完成先主的遗愿，悲痛万分。想到蜀国的江山社稷，诸葛亮开始向李福交代后事，他吃力地将军国大事、身故后的继承人选等重大问题一一做了交代，又将退兵的安排详细嘱托给杨仪。说完这些最令他放心不下的事之后，诸葛亮已经非常虚弱，稍息片刻后，他又气若游丝地继续说道："我死后，一定要把我葬在汉中定军山，丧葬务必求简,依山造坟,墓穴只要能容纳一口棺木即可。入殓时,让我穿上平时的便服,千万不要放任何陪葬品。"诸葛亮的声音越说越低,终于归入一片寂静,年仅54岁的诸葛亮英年早逝。

诸葛亮为国家操劳一生,临终要求竟如此之简,正是其一生清贫节俭作风的写照。诸葛亮虽贵为丞相,但他从不以权势谋私利,而一生只靠俸禄为生。在他生前,曾给刘后主上过一份奏章,说明了自己家庭的财产和经济情况:"成都有桑树八百株,薄田十五顷,留给儿辈作衣食之资,自有余饶。臣在外任,没有别的安排,随身衣食,全靠官府供给,不另外经营产业来增加收入。我死的时候,家里不会有多余的布帛,外面不会有多余的钱财,决不辜负陛下的信任。"诸葛亮去世后,家中的情况确实正如他自己所说的那样,足见其高风亮节。诸葛亮一生为蜀国鞠躬尽瘁,死而后已,以其毕生追求和实践的清廉作风,为后人树立了榜样,让人们世代传颂。

为官清廉的胡氏父子

魏晋时期，胡质在魏国任州郡长官近三年，为官期间他清廉爱民，不看重钱财，也不置办家产，死后家中没有余财，只有朝廷赏赐的衣服和数箱书籍。对他的廉洁操守，百姓人人称道。胡质有一子名叫胡威，受父亲的影响，胡威年少时就立志继承和发扬父亲的清廉美德，后来官任刺史，政绩卓著，清名遐迩，父子二人皆以为官清廉著称于世，人们都赞颂他们是"父子清官"。

胡质，字文德，淮南寿春人，在曹操当政时胡质还只是个不起眼的小吏，之所以日后能够官职显要，不是靠逢迎拍马和贿赂开路，而是靠自己的清正廉洁和勤勉的政绩。魏文帝曹丕在位时，胡质任东莞太守，"在郡九年，吏民皆安"。胡质在荆州任刺史时，远离家乡未带家眷，又从不回家探亲，夫人十分惦念，就让儿子胡威从洛阳去荆州探望父亲。胡质虽然当官，但家中并不富裕，以至于胡威去看望父亲时没有一车一马，也没有仆人随从，只能骑着毛驴独自上路。途中住宿客栈时，胡威也都是自己劈柴、做饭、放驴。同住客栈的人得知他是荆州刺史胡质之子后，都非常惊讶和钦佩。在荆州小住几天后，胡威向父亲辞行，胡质很想拿点什么东西表示一下做父亲的心意，翻来翻去，总算从家里翻出了一匹绢，便拿给胡质作为路上的盘缠。胡威却跪在父亲面前说："人们都说您清正廉洁，为官不贪不占，不知道此绢从何而来？"胡质先是一愣，然后笑着解释道："吾儿不必怀疑，这是我从俸禄中节余下来的。"胡威这才放下心来，谢过父亲上路了。途中又亲自放驴，料理生活，吃完饭便又上路，如此而已，并没有其他浪费的举动。

胡质手下有一名都督，对胡威一人上路很不放心，便以请假探亲为名，瞒着胡质特意一路护送胡威，处处照顾。胡威并不知情，便私下问他，才知道这位旅伴原来是他父亲的都督。于是胡威便把父亲给他的绢用来答谢这位都督，打发他回去了。不久，胡质接到儿子的来信得知此事，对此十分生气，不仅严肃地批评了那位都督，还革除了他的职务。胡质在荆州任刺史的政绩卓著，在当地形成了"广农积谷，有兼年之储"的富庶局面。嘉平二年，胡质病逝，家里没有一点其他的财物，只有朝廷赏赐的衣服和数箱书籍，为官如此清廉，使胡质得到了很高的声誉。四年后，朝廷追思清节之士，考虑到胡质一生为官清廉，体恤民情，特下诏褒奖其清廉品德，并"赐其家钱谷"。

后来胡威历任徐州刺史、青州刺史等职，他也同父亲一样廉洁自律，克己奉公，为官一任，造福一方。晋武帝司马炎闻知胡氏父子为官清廉的美名后即召见胡威，对他父子二人的廉洁奉公大为赞赏，并随口问道："你和你父亲相比，谁更清廉？"胡威答道："我不如我父亲。"晋武帝又问："为什么？"胡威回答说："我父亲清廉不愿意让人知道，我是恐怕别人不知道，所以我比我父亲差远了！"太康元年，胡威卒于青州刺史任上，朝廷因其政绩突出，且为官清廉，特追赐他为镇东将军。作为封建士大夫，父子皆为官清廉实属难能可贵，而胡威把廉而不"宣"作为比廉的标准，在皇帝面前推崇其父。可见他除了出于对父亲的爱戴，还在于他把"廉洁"当作为官的本分，其思想境界更令人敬佩。

周处改过自新

西晋初年，在现在的江苏宜兴，有一个名叫周处的青年，他自小没人管束，又不肯读书，总是成天在外面游荡。周处长得十分强壮，而且臂力过人，他性格粗暴蛮横，又好争强斗气，因此总是欺负乡里乡亲，动不动就拔拳打人，甚至动刀使枪，宜兴的地方百姓都不敢招惹他，都说他是本地的一大祸害。

有一次，周处在外面闲逛，看见人们都闷闷不乐，他就问一个老人："今年收成不错，为什么大伙都愁眉苦脸呢？"老人一看是周处就没好气地回答："'三害'还没有除掉，怎么高兴得起来！"周处第一次听到"三害"这个词，就问："你说的'三害'是什么？"老人说："南山上有白额猛虎，这是一害；长桥下有长尾鳄鱼，这是二害；加上你，不就是'三害'了吗？"周处听了暗自吃了一惊，没想到乡亲们已经把他当作老虎、鳄鱼一般的大害了，他想了一会说道："这样吧，既然大家都为'三害'苦恼，我就去把它们除掉。"老人说："你要是能除掉三

害，那就是这里的大喜事了。"

人们都以为周处是随便说说，没想到过了一天，周处果然背着弓箭，手拿弓箭，进山找老虎去了。走到密林深处，周处果然听见一阵虎啸，刚停住脚步，就从远处窜出了一只白额猛虎。周处立刻闪到了大树后面，瞬间拈弓搭箭，只听"嗖"的一声，周处的箭就稳稳的射中了猛虎的前额，老虎挣扎了几下就倒地身亡了。周处射死了老虎后就下山告诉了村里的人，有几个胆大的猎户上山把死老虎扛了下来，大家都高兴地向周处庆贺。

又过了一天，周处换了紧身衣，带着锋利的宝剑来到了长桥边，纵身一跃就跳进水里去找鳄鱼了。那条鳄鱼隐藏在水草深处，发现有人下水，便想跳上来咬，周处早就做好了准备，在鳄鱼跃起之时，看准时机朝着鳄鱼身上就猛刺了一刀，那鳄鱼躲闪不及，受了重伤，转身就往江的下游逃窜。周处一见鳄鱼没有死，便紧紧在后面追，鳄鱼往上游，他就往水面追；鳄鱼往下沉，他就往水底钻，这样紧追不舍一直追到了几十里以外。三天三夜过去了，周处还没有回来，大家都议论纷纷，认为这下周处和鳄鱼一定两败俱伤，都死在河里了。大家本来以为周处能杀死猛虎和鳄鱼，就已经不错了，没想到这回"三害"都死了，更让大家喜出望外。

结果到了第四天，周处竟然安然无恙地回来了，人们都大为惊奇。原来鳄鱼在受伤以后，被周处一路追击，最后流血过多而死。周处回到家里后，得知人们以为他死了，都在互相庆祝，心里很不是滋味，终于认识到自己平时的行为确实很不妥当，便有了改过自新的想法。思考过后，周处痛下决心，决定离开了家乡到吴郡找老师学习，重新做人。那时候吴郡有两个很有名望的人，一个叫陆机，一个叫陆云。周处慕名前去，见到他们后便把自己决心改过的想法诚恳地讲了，他说："我后悔自己觉悟得太晚，把宝贵的时间白白浪费掉。现在想干一番事业，只怕太晚了。"陆云知道他的想法后勉励他说："别灰心，你有这样的决心，前途还大有希望。一个人只怕没有坚定的志气，不怕没有出息。"从那以后，周处一面跟老师们刻苦学习，一面注意自己的品德修养，逐渐成为一名有为的青年，没过几年，州郡的官府都征召他来做官，周处后来便成为朝廷的大臣。

皇甫绩守信求责

　　皇甫绩是隋朝的名臣，以博学而闻名天下，他出身官宦，却因三岁丧父而家道转贫。母亲难以独自维持家中的生计，不得已便带着他辗转回到了娘家。皇甫绩的外公韦家是当地有名的大户，地位显赫，生活富裕，外公韦孝宽见皇甫绩聪明伶俐，又孤苦无依，所以对这个小外孙特别怜爱。

　　由于韦家上学的孩子很多，外公就特意聘请了一位教书先生，在家中开办了私塾，让孩子们在家里的私塾学习。皇甫绩到了学龄后，外公就让他跟着表兄弟们在此一起读书和学习，皇甫绩知道自己学习的机会来之不易，因此他在私塾的每一天都特别认真地听先生讲课，每天都按时完成先生留的作业。皇甫绩的外公是一个非常严厉的老人，他希望后辈们能够学有所长，奋发有为，所以对上私塾的孩子们管教的特别严厉。私塾在成立之初，便立下了规矩：无故荒迟作业的，按照家法要重打二十大板。

　　有一天上午放学后，皇甫绩和几个表兄躲在一个已经废弃的小屋子里下棋，因为全心投入，不知不觉就到了下午上课的时间了，大家都忘记完成先生上午布置的作业了。先生虽然没有严厉的批评他们，可皇甫绩的心里却十分惭愧和不安。第二天，外公知道了这件事情，他把孩子们叫到了书房，狠狠的训斥了一顿，然后按照家规，每人打了二十大板。外公看皇甫绩年龄最小，在学习上一直很乖巧认真，再加上孤苦无依，就不忍心同样的惩罚他。他把皇甫绩叫到一边，慈祥的对他说："你现在还小，这次我就不罚你了，但不要再有下一次，认真读书做功课，才能学到本领，才能成就将来的大事。"

　　皇甫绩把外公的话牢牢的记在了心里，他很感激外公的疼爱和呵护，但是心里仍然很难过，他觉得：我和表兄犯了一样的错误，耽误了功课。外公没有责罚我，表哥们都保护我，这是大家对我的疼爱，但我自己却绝不能放纵自己，也必须按照学堂既定的规矩，挨二十大板才行。他下定决心以后，就偷偷的找到表兄们，求他们代外公责打自己二十大板。表兄们一听，觉得这小孩子太认真了，都边笑边摇头。皇甫绩急了，他一本正经地说："犯错受罚是私塾的规矩，我们都向外公保证过的。我也触犯了规矩，理应受罚，不然的话就是违背诺言。现在你们都受罚了，我当然也不能例外，求表兄们动手吧，我是心甘情愿的。"表兄们看到皇甫绩是诚心要求改正错误，他们都很是感动，就拿出戒尺轻轻的打了皇甫绩二十下，皇甫绩接受了惩罚，实践了诺言，小脸终于露出了开心的微笑。后来皇甫绩通过努力学习成为朝中举足轻重的大官，他品德正直，信守诺言，勇于担当，使他在满朝文武中享有很高的威望。

房玄龄淡泊名利

　　自古以来，追名逐利者很多，淡泊名利者少，但对于唐朝开国宰相房玄龄来说，淡泊于名利，甘居后位辅佐仁君，才是为官为国的最高境界。

　　房玄龄，别名房乔，字玄龄，是我国唐朝的开国宰相，他出生于官宦之家，父亲房彦谦不但为官清廉，而且还是一个饱读诗书之人，非常重视对子女的言传身教。有一次，房彦谦对房玄龄说："别人都因为做官而发了财，我做官却还是一贫如洗，我留给后世子孙的，只有清白的名声。"父亲用自己的为官之道教育儿子，一席话影响了房玄龄的一生，在房玄龄后来的官宦生涯中，无处不体现着父亲的教诲。

　　贞观之前，房玄龄协助李世民削平群雄，夺取皇位，经营四方，后来唐太宗要对朝中官员进行论功行赏，将房玄龄、杜如晦、长孙无忌、尉迟敬德等列为第一位，要给予重赏。唐太宗问大臣们有什么意见，淮安王李神通便上前一步说："陛下，臣带兵打仗，冲锋陷阵，舍生忘死，而房玄龄只是端坐朝中的文官，也没有为国杀敌，只会舞文弄墨而已，功劳却排在我最前面，臣心里不服。"唐太宗听了后便回答说："你们的确是很有功劳，但房玄龄运筹帷幄，是把握全局总指挥，没有他的计划，你们又怎么能具体执行呢？所以他的功劳最大，理应排在第一位。"淮安王李神通听后顿觉羞愧，便惭愧而退，其他大臣也无话可说。但房玄龄却对于论功行赏的事深感不安，便对唐太宗说："陛下将臣排在第一位，这让臣心里很不安，对臣有多少封赏都没有关系，臣只求国家安定祥和。"唐太宗回答说："从前汉高祖封赏大臣，萧何在最前面，你就像是朕的萧何，功列第一，理所应当，你当之无愧，就不要再多说了。"

　　唐太宗在位期间，房玄龄执掌政务达 20 年，他兢兢业业、选贤任能，举荐了一大批官员，完善了基本的行政制度，使社会发展步入正轨。房玄龄虽身居高位，却从不居功自傲，更不贪权图利，他总是从大局出发，不计较个人名利。有一次，唐太宗召集大臣讨论世袭之事，想要封房玄龄为宋州刺史和梁国公，之所以要这样做，目的是希望能让房玄龄的子孙世袭官职。得知太宗的意思之后，房玄龄觉得自己身为宰相，理应为各位大臣作出榜样，不应贪图私利，便上奏唐太宗说："臣已经担任宰相，现在又封为宋州刺史，这样恐怕会引起大臣们争相追逐名利，长久下去会导致朝政大乱，臣认为不妥，还是请陛下罢免臣的刺史职位。"唐太宗听后赞叹房玄龄的深明大义，便依了他的奏折，只封他为梁国公。房玄龄辞掉了宋州刺史之后，朝中大臣纷纷仿效，辞去能世袭的官职，这让唐太宗十分感慨，说道："上行下效，朝中大臣今天能有这样举动，都是玄龄的功劳啊！"后来，房玄龄又主动辞去宰相之职，唐太宗坚决不允，说："如果失去了你这样的贤相，朕就像失去了左右手一般啊！"房玄龄一生为国为民，忠心耿耿，只问耕耘而不问收获，展现了其鞠躬尽瘁、淡泊名利的高风亮节。

唐玄奘执意西行

提起《西游记》的故事，在我国可谓是妇孺皆知，故事讲述了唐僧师徒不远万里，到西天拜佛求经的坎坷经历，塑造了唐僧、孙悟空、猪八戒和沙和尚等生动有趣的典型形象，而唐僧取经原本是历史上一件真实的事，其中的主人公唐僧在历史上也确有其人，他就是享誉中外的玄奘法师。

公元 627 年的秋天，大唐帝国的都城长安，一个僧人走出城门，他要前往遥远的西方，到印度去寻求佛法，这位僧人正是玄奘。从长安出发，一路往西，沿着古老的丝绸之路，经过西域、翻越葱岭、横穿中亚的大草原，才能抵达印度。当玄奘行至新疆哈密地区时，来到了当时富饶的高昌国。高昌国王信奉佛教，正在求贤若渴，而来往的商人和旅客们早已把玄奘的名声传到了西域。当他得知玄奘要到高昌时，就亲自举着火把迎候这位来自东土的高僧，并热情的款待了玄奘。

高昌王非常崇拜玄奘，请求他在高昌讲经，连续十几天，高昌王每日都在 300 弟子面前跪在地上当凳子，让玄奘踩着他的背，登上法座讲经。高昌王一心想要让玄奘留在高昌国弘扬佛法，但玄奘却执意西行，他对高昌王说："我此生的使命就是远赴印度，求法取经，然后再回国弘扬于百姓之中，请国王不要拦阻我，让我西去吧。"习惯了人们对他言听计从的高昌王，见玄奘竟然无视他的恳求，不由得怒火中烧，他生气地威胁道："法师面前有两条路，或则留下，或则回国，请法师三思。"玄奘毫不犹豫的回答："国王留下的只能是贫僧的尸骨，绝对留不住贫僧的心！"

高昌王以为用扣留的方式可以使玄奘屈服，但没想到玄奘开始绝食，三天滴水不沾，到了第四天，他已极度虚弱，气息奄奄。高昌王深为他的精神所感动，只好同意玄奘离开继续西行。不过，高昌王诚邀玄奘从印度回来时在高昌住上三年，玄奘深感与高昌王礼佛的虔诚和修业的诚意，便答应他归来时再访。临行前，高昌王为玄奘准备了一切西行所需之物，并为他写好二十四封致西域各国的通关文书，还赠送了马匹和仆役。出发那天，高昌国全城夹道相送，高昌王抱住玄奘法师失声恸哭，并亲送至 100 里外的交河城，才依依惜别。

最后，玄奘凭着坚定的毅力和智慧，终于抵达印度。在古老的印度，玄奘搜集了各种佛学经典，废寝忘食地学习，终于取得了史无前例的荣耀，成为继往开来、承前启后的一代宗师。回到唐朝后，玄奘不仅翻译了规模庞大的经书，而且创立了著名的法相宗。千百年来，玄奘的影响已经远远超出宗教之外，他留给我们的，是一种对理想永不放弃，对信念始终坚持的宝贵精神。

晏殊诚信赶考

"一曲新词酒一杯,去年天气旧亭台,夕阳西下几时回? 无可奈何花落去,似曾相识燕归来,小园香径独徘徊。"这首著名的《浣溪沙》对大家来说并不陌生,它的作者便是北宋时期著名的文学家和政治家晏殊。

晏殊生于抚州临川,从小就是一个聪慧诚实的孩子,七岁的时候,他就已经认识好几千字,还能写出通顺流畅的文章,人们都称他为"神童"。在他 14 岁时,地方官把他作为"神童"举荐给朝廷,皇帝召见了他,本来他完全可以不参加科举考试便能得到官职,但是晏殊没有这样做,而是要求跟一千多名进士同时参加考试。

过了两天,考试正式开始,这次考试的内容是诗、赋、论。说来事情也十分凑巧,晏殊拿到考卷后发现,这次的考试题目是他曾经练习过的,为了写好这篇文章,他曾经过反复推敲、修改,所以写得文情并茂,先生看了都说好。现在,只要把文章默写出来,肯定能得个好成绩。可是晏殊转念又想:这样做虽然可以考中,但是不能显示自己的真才实学,算不得真功夫、硬本领。于是,他就向皇帝报告说:"陛下,这个题目,臣过去曾经做过,请另出一个题目给我做吧。"他的话使在场的人无不惊异,多少人绞尽脑汁来猜题目,都猜不中,现在放着做过的题目不要,却要舍易求难,真是十足的书呆子。皇帝听了也很吃惊,便说:"做过的题目也不要紧,你写出来,如果做得好,也可以录取。"主考官从来没遇到这种事,当时科举考试是升官晋爵的阶梯,考中了进士,就可以做官,于是他便开导晏殊说:"放着做过的题目不做,而另换新题,万一考砸了,前程就完了,你要三思而行。"

晏殊听了并不为所动，他说："国家实行科举制度，是为了发现人才，加以录用。考我做过的题目，即使我侥幸考中了，也看不出我的真才实学。如果我是个庸才，占据了官位，我会于心不安的。另换一个题目，如果做不好，说明我才力不济，自当加倍努力，即使落第，我也毫无怨言。"皇帝和主考官听了晏殊的一番话，都非常赞叹他的诚实和抱负，经过商量以后，便另外出了一个考题。晏殊得到新题目后，认真思索了一会，就提笔一气呵成，很快就交了卷，皇帝批阅后，觉得十分满意，就任用他在朝廷当了官。后来晏殊官拜宰相，在朝为官50多年，一直自奉廉洁，唯贤是举，为当世和后人树立了典范。

宰相肚里能撑船

在距今一千多年前的北宋时期，有位辅佐了两代皇帝的名臣，他就是吕端。最初，吕端只是一名州县的地方官吏，后来逐步升至枢密直学士，最后成为朝中宰相，官居天子一人之下，万人之上。

吕端在相位的时候，有一次遭到奸臣的陷害，皇帝一怒之下罢免了他的官职。吕端在接旨后二话没说，便带着贴身的随从背上行囊，挑上书籍，离开了京城，踏上了回乡的路。吕端在路上走了很多天，终于走到了自家门口，还没进家门，便听到里面热闹非凡，人声鼎沸。仔细一看才知道，原来家中正在为弟弟的婚事而大摆筵席，当地有头有脸的官吏和豪绅都来参加赴宴，推杯送盏，好不热闹，送来的各种贺礼摆满了庭院。这些人一见吕相爷回来了，还以为他是专程回来参加弟弟的婚礼，便都纷纷围拢过来大礼参拜，随即又献上很多厚礼。这下可让吕端哭笑不得，他见此情景只好当众言明真相："我吕端现在已经被革职，还乡为民了，不再是宰相了。"结果没想到，吕端的实言一说出口，那些势利眼的官吏和豪绅们个个脸色突变，有的目瞪口呆，有的斜眼相视，刚刚还热闹的院子立刻就冷清了下来，陆陆续续有人就找借口离开了，临走时还不忘带走他们送来的礼品。

世上的事真是无巧不成书，就在这个时候，村外传来了骚乱的马蹄声，一支从京城赶来的马队来到了吕端府上，原来是皇上派来的御史驾到。那御史下马便大声喊道："吕端接旨！"吕端只好率领全家老小，跪在地上静听"旨意"，只听那御史宣旨道："吕端回朝复任宰相，即刻启程，钦此！"全家人听后三呼万岁。事情发展得太快，方才正要散去的那些官吏和豪绅，闻听吕端又官复原职了，个个面红耳赤，张目结舌，不知如何是好。只好拉下脸皮，又重新回到吕府送礼贺喜，支吾其词，吕端对于这些势力的行为表面上无动于衷，可心中却在暗笑。

在这些趋炎附势的官吏当中，刚刚坐着轿子走了的七品知县慌忙跪在吕端面前，像捣蒜锤子似的给吕端叩头，一边打自己的嘴巴一边说："相父，我不是人，您大人不怪小人过。"吕端的书童很生气，上前揪住那知县说："大胆狗官，竟敢戏弄我家相爷，摘去你的乌纱帽！"书童的话吓坏了那个知县，他赶紧用双手捂住了头上的乌纱帽。吕端这时才上前拉住书童道："不要这样。"书童很生气地说："相爷，像他这样的势利眼，根本不值得饶恕！"吕端说道："此言差矣，他知道自己做错了事，我们就应高兴，不必惩罚他了。我们何必强迫别人做他自己不想做的事情呢？"听到这些话，感动得那位知县非常内疚，忙说："相爷呀，相爷，您可真是宰相肚里能撑船呐！来，相爷，兄弟的喜事咱们重新操办，我给新娘抬轿子。"吕端闻听此言，还以为他在开玩笑。没成想那知县真的让新娘子坐上了花轿，他和三个衙役们抬着轿子，吹吹打打地围着村子转了一圈。从此以后，"宰相肚里能撑船"这句话就传开了，用来形容一个人宽宏大量，大人有大量，一直沿用到今天。

杨令公誓死不屈

在我国民间，杨家将的故事可以说是家喻户晓，流传很广，故事中一位重要的人物便是杨家将的第一代统帅——杨业，也就是传说中的杨老令公，人称"杨无敌"，他的功名最盛，牺牲也最为壮烈。

杨业是我国北宋时期的抗辽名将，原名重贵，今天的陕西神木人，将门之后，他从小爱好骑马射箭，学了一身好武艺。因为他武艺高强，英勇善战，宋太宗对杨业相当器重，起初让他担任郑州刺史，后来又让他担任代州刺史，镇守北方边境。在边境防卫中，他屡打胜仗，人称"杨无敌"。

公元 980 年 3 月，辽国出动 10 万大军，侵犯代州北面的重镇雁门关。警报传到代州，杨业手下只有几千骑兵，力量相差太远，大家都很担心。杨业决定出奇制胜，带领几百骑兵，从小路绕到雁门关北面，突然从背后向辽军发动攻击，同在雁门关正面抵御辽军的宋军南北夹击，大败辽军。这一仗，不仅活捉了辽国的大将，还斩杀了辽国的驸马，缴获了大量马匹和盔甲。雁门关大捷以后，杨业威名远扬，辽兵一看到"杨"字旗号，就吓得不敢交锋，见到他的军旗就绕道躲开。杨业以少胜多，打了一个大胜仗，这让宋太宗非常高兴，特地给他升了官，"杨无敌"的威望也越来越高。此后他镇守边关 7 年，辽军不敢进犯，边境得到安宁，百姓到处传颂他的事迹。

杨业立了大功以后，引起一些边防将领的妒忌，他们恐怕杨业的声望和地位超过自己，就设法排挤陷害他。防守边境的主将潘美，还上书说杨业的坏话，宋太宗正要依靠杨业，因此并不理睬那些诬告，他派人把那些奏章封好了送给杨业。杨业见宋太宗这样信任他，自然十分感动。过了几年，辽景宗耶律贤病死，只有 12 岁的耶律隆绪继位，萧太后掌权。宋太宗见辽国政局发生变动，认为机会来了，决计出兵收复辽国占领的燕云十六州。

公元 986 年 6 月，宋太宗派兵分三路大举攻辽。东路为主力，攻打幽州；中路攻河北西北部等地；西路由潘美率领，攻取山西北部各地。杨业就在西路军中，做潘美的副将。潘美带领的西路军，出了雁门关，就向北进攻。杨业和他的部下英勇善战，很快打下了寰州、朔州、应州和云州，收复了山西西北部的大片失地。正当西路军节节胜利的时候，不料东路军吃了一个大败仗。宋太宗因主力部队失败，不敢再战，连忙下令退兵。潘美、杨业很快退回代州。

宋朝的大军一退，应州的宋军也丢掉城市逃跑了，辽军乘胜打进了寰州，一时形势十分紧张。就在这时候，宋太宗下令把寰、朔、应、云四州的老百姓迁往内地，要潘美、杨业的部队负责护送。但这时寰州和应州已经失守，云州远在辽军的背后，朔州也在辽军的身旁，要迁移这些地方的老百姓谈何容易。杨业仔细考虑了一番，提出建议说："现在敌人很强大，我们应当暂时避开他们的锋芒，不能硬打。我们可以先假装攻打应州，引诱敌人大军前来迎战，然后利用这个机会，命应、朔两州的守将带领百姓赶快南迁。这时，我们只要派军队在中途接应，这两州的百姓就可以安全转移了。"这是一个好主意，可是，在潘美军中做监军的王侁却不同意，他说："我们有几万精兵，为什么这么胆小？我们只要走雁门关北面的大路，向朔州前进就行了。"杨业说："这样做一定会失败！"王侁不但不考虑杨业的正确意见，反而讽刺他说："将军一向号称杨无敌，如今看到敌军，竟逗留不进，难道有其他想法吗？"对于这样恶毒的诬蔑，杨业被激怒了，他横下心来说："我并不怕死，只因时机不利，不想让士兵白白送死，你既然一定要打，我可以先死在前面！"杨业和王侁争论时，潘美就在旁边，他明知杨业这次出兵，凶多吉少，可是他一向妒忌杨业的才能，所以一言不发，让杨业去了。

杨业无可奈何，只好带领手下人马出发了，临走的时候，他流着眼泪对潘美说："这个仗肯定要失败。我本来想看准时机痛击敌人，报效国家，但现在大家责备我避敌，我不得不先死。"接着，他指着前面的陈家峪对潘美说："希望你们在这个谷口两侧，埋伏好步兵和弓弩手。我兵败之后，退到这里，你们带兵接应，两面夹击，也许有转败为胜的希望。"说完，杨业就带领人马，直奔朔州前线了。随他一同前往的，还有他的儿子杨延玉和岳州刺史王贵。辽军看到杨业前来，就出动大军，把宋军团团围住。杨业父子和他们的部下虽然英勇善战，毕竟寡不敌众，他们从正午一直打到黄昏，只剩下一百多人，好不容易突出重围，且战且走，退到陈家谷，哪知潘美的军队早已不顾杨业的安危撤退了。杨业只好带领部下，再跟辽军死战，王贵用箭射死了几十个敌人后壮烈牺牲，杨延玉和其他将士也在战争中牺牲了。

杨业受了十几处伤，还继续苦斗，杀死了几十个敌兵，可最后他因为伤势太重，加上战马重伤，实在走不动了，不幸被敌人捕获。杨业被俘以后，辽将劝他投降，他根本不为所动，最后绝食三天三夜，于 986 年 6 月 18 日壮烈殉国，享年 59 岁。后来，他的子孙继承其精忠报国的遗志，坚持抗击辽国，成就了一门忠烈杨家将的英雄史话。

陆游一生不忘国

"死去元知万事空，但悲不见九州同，王师北定中原日，家祭无忘告乃翁。"在这首流传千古的诗作《示儿》中，处处洋溢着强烈的爱国主义精神。它作于公元 1210 年，是我国南宋著名诗人陆游在 85 岁高龄时，怀着忧国忧民的悲愤，在临死前所作的一首诗。陆游一辈子都心系国家与人民，期盼国土收复，人民安乐，是一位一生不忘国的爱国诗人。

陆游字务观，号放翁，生活在北宋末期到南宋初期，为躲避战乱，幼时的他最常做的事就是随父亲及全家人辗转各处、颠沛流离。陆游的父亲陆宰是一个具有爱国思想和民族气节的官员，同他交往的也都是一些爱国志士，他们常常聚集在陆游家畅谈国事、发表见解、直抒胸臆，有时说到激动的地方就拍案而起、义愤填膺，年少的陆游从小就是在这样的环境下长大的，不管是父亲陆宰还是这些爱国志士，他们的爱国精神都深深打动了小陆游。故土沦陷的痛心、父辈的爱国思想在他幼小的心灵上刻下深深印记，正是有这样切身体会，他才一生心系国家，忧国忧民，最终成为南宋著名的爱国诗人。

陆游一生勤奋创作，流传至今的诗就有九千四百多首，内容极为丰富，但其中最为重要的就是爱国主题。当时南宋战火连连，迅速崛起的女真族大肆掠夺南宋领土。很快，宋朝的半壁河山已经沦于异族的统治之下。可南宋统治集团却昏庸无能，向金朝摇尾乞怜，整个国家摇摇欲坠。此时满怀爱国激情的青年诗人陆游，用悲壮的笔调抒发了报国的壮志豪情："早岁那知世事艰，中原北望气如山。楼船夜雪瓜洲渡，铁马秋风大散关。塞上长城空自许，镜中衰鬓已先斑。《出师》一表真名世，千载谁堪伯仲间？"用忧国忧民的笔触写下了沦陷区人民对故国之师的期待："三万里河东入海，五千仞岳上摩天。遗民泪尽胡尘里，南望王师又一年！"也写出了南宋军民不甘屈服的气概："楚虽三户能亡秦，岂有堂堂中国空无人！"陆游将自己的深哀剧痛集中体现在《关山月》中："和戎诏下十五年，将军不战空临边。朱门沉沉按歌舞，厩马肥死弓断弦。戍楼刁斗催落月，三十从军今白发。笛里谁知壮士心，沙头空照征人骨。中原干戈古亦闻，岂有逆胡传子孙？遗民忍死望恢复，几处今宵垂泪痕！"甚至在老病僵卧之时，陆游仍把现实生活中无法实现的壮志豪情都倾泻在诗中："夜阑卧听风吹雨，铁马冰河入梦来。"

然而，现实是南宋朝廷的屈膝偷安，主和派不断排斥、迫害爱国人物，因此诗人常常感叹："塞山长城空自许，镜中衰鬓已得天独厚斑""胡未秋，泪空流。此生谁料，心在天山，身老沧州！"这不仅是诗人愤慨心情的表露，也是诗人对南宋暗黑统治的强烈控诉。一心报国的诗人把自己的欢乐、痛苦、理想和现实都写进了作品，表现了自己不复国土心不平的志向，即使到临死前，陆游心里念的仍然是北定中原的愿望，因此写下了著名的《示儿》一诗。爱国主题不仅贯穿了陆游长达 60 年的创作历程，而且融入了他的整个生命，成为陆游诗作的精华灵魂。

戚继光为国抗倭

戚继光是我国历史上著名的爱国英雄，他为国抗击倭寇的事迹至今流传，人们为了纪念他，在福建的于山建了一座戚公祠，每年都有许多游客前往那里，来缅怀他为国家所做的丰功伟绩。

戚继光生于明朝嘉靖年间的一个将门之家，其祖父曾是明朝的开国将领，被朱元璋封授为可以世袭的明威将军，因此到其父时仍在职为官，出任漕运官员。受父亲主管水道运输的影响，戚继光从小就立志将来做一名德才兼备的军人，像父亲一样管理好水道运输。不过，当时中国沿海常常出现武装走私、烧杀抢掠的日本武士、浪人和商人，也就是倭寇。戚继光看到这些倭寇的暴行，对此十分痛恨，他曾在 16 岁时用诗句表达自己消除倭患的决心与志向："封侯非我愿，但愿海波平。"

其实早在明朝建立之初，倭寇就不时进犯我国沿海地区，到嘉靖年间，倭寇愈发猖獗，已经成为我国东南沿海的一大祸害，沿海居民常常深受其害，戚继光所立下的志愿也正是每个沿海居民的心愿。17 岁那年，由于父亲去世，戚继光世袭官位出任登州卫指挥佥事，后升任都指挥佥事，负责山东御倭兵事，开始了抵抗倭寇的军事生涯。

由于在山东抗倭表现突出，公元 1555 年，戚继光被派往倭寇活跃的浙江一带，任海参将。当时的浙江沿海常有一股倭寇势力侵入，他们一路烧杀抢掠，无恶不作，可是戚继光上任后却发现明朝的海防官兵丝毫没有作战能力，只是被动挨打，而人民却英勇抗战，于是戚继光决定改革军制，不用那些软弱无力的士兵，改为招募真正有能力的流亡农民和矿工，精挑细选了3000人组建了一支新的部队。这些士兵多遭受过倭寇的侵犯，本身对倭寇就心怀恨意，戚继光就把"保国为民"定为部队的座右铭，为了严肃军纪，他在部队实行"连坐法"，规定只要在战斗中全队不积极抗倭那么队长就首先斩首，为了加强军队的作战力，他仔细观察作战环境和敌人的特点，创造出适合南方地形、克制倭寇善重箭与长枪作战的"鸳鸯阵"，通过长短兵器的相互配合，大大提高了战斗力，为了有效组织调度部队，他又建立了队、哨、营等新编制……，在采取了一系列的军制改革后，仅经过短短几个月的训练，这支3000人的新军就成为精通战法、纪律严明、作战勇敢的队伍，在与倭寇的战斗中捷报频传，倭寇将这支军队称为"戚老虎"，老百姓却亲切的将他们称为"戚家军"。

公元1561年，浙江台州、桃渚等地遭受了几千名倭寇的大举侵犯，戚继光知道情况后马上与其他军队会合，前往台州清剿倭寇，先后九战九捷，歼灭了大部分倭寇，取得了决定性的胜利，加上宁波和温州倭寇被清剿，浙东一代的倭寇一举被全部扫除。第二年，戚继光又奉命去倭寇活跃的福建进行清剿，这里的倭寇凭险固守，以距离宁德5公里的横屿为老巢，已经盘踞在此三年多了。明朝官兵都与之对抗也有一年多了，这使福建的形势十分危急。戚继光来到福建后，审时度势，将横屿之战作为他的首场战役。为了取得胜利，他先派人去了解横屿岛的地形地貌、水道等特点，然后依据作战地形制定了有效的进攻方案。按照戚继光的指示，在当天夜里潮水退却后，士兵们就带着干草在水中铺出一条路，强行登上了横屿岛，向倭寇发起了猛烈攻击，一下就消灭了300多倭寇，有600多个倭寇慌不择路淹死在水中，还有29人被俘虏，"戚家军"再次大获全胜。之后，在戚继光的带领下，戚家军乘胜追击又接连消灭了牛田、林墩、平海卫、仙游、兴化等地的倭寇，长年盘踞在福建一带的倭寇势力逐渐被全部消灭了。然而就在戚继光返回浙江后，新的倭寇又开始在福建沿海一带流窜，威胁百姓正常的生产生活，还攻陷了兴化府城、平海卫等地，福建再次面临倭寇的威胁。于是，戚继光在1563年带领戚家军再次来到福建抗击倭寇，并且全歼敌人，基本肃清了福建附近的倭寇。骚乱东南沿海数十年的倭患基本清除,浙江、福建等沿海地区终于日趋安定下来,经济也逐渐繁荣起来。戚继光和他的"戚家军"在抗击倭寇的战争中立下了赫赫战功,建立了卓越的历史功绩,赢得了世代人民的称颂。

郑成功收复台湾

明朝末年，明王朝腐败无能，统治岌岌可危，而此时的欧洲列强正在崛起，荷兰人趁我国内忧外患之际乘虚而入，侵占了台湾的南部地区，后来逐渐侵占了整个台湾。这些荷兰殖民者不仅霸占了台湾的海滩，还修筑了城堡，并对台湾人民进行了残酷的剥削和镇压。

1661年，我国明末清初著名的军事家、爱国英雄郑成功决心从荷兰人手中收复宝岛台湾。郑成功是福建南安人，自幼习文练武，精通兵法，善于练兵，他训练的"虎卫亲军"是震惊中外的"铁人"队伍。1661年3月，郑成功亲率大军，带领万艘战船，浩浩荡荡的从厦门出发，横渡台湾海峡，开始了收复台湾的战斗。

经过暗中侦查，郑成功发现由外海进入台湾的水道主要是大港，距离比较近，而且水比较深，大船可以通行无阻，但也正因如此，荷军派主力防守，所有的航道全在荷军的炮火控制之下。除此之外，进入台湾另一水道是鹿耳门港，那里航程比较远，港门狭窄，暗礁淤滩星罗棋布，水又很浅，大船很难通过，退潮时只能通行小船，因此荷兰人只派1名伍长和6名士兵驻守，郑成功决定在此处登岛，直插赤嵌城，然后再各个击破。4月2日，郑成功率领战船借助海水涨潮之际，出其不意的在鹿耳门港登陆，打得荷兰人措手不及，不到两小时，郑军全部上岸。荷军对郑军的突然登岛一无所知，惊慌之下急忙出动4艘战船向郑军船队攻击。而郑成功以60艘战船包围了荷军的四艘战船，集中火力对敌扫射，将荷军的3艘战船击沉，另外一艘仓皇逃走。郑成功一路率兵乘胜追击，打得荷兰人落荒而逃，最后只能躲在赤嵌城里不敢出来。

　　赤嵌城是荷兰人在台湾岛上修筑的城堡，供给主要靠城外提供，了解到这一情况后，郑成功命人切断了赤嵌城的水源，城里的荷兰人便主动投降了。盘踞在另一座城堡台湾城的荷兰人不敢出来应战，采取拖延之计，以待援兵。其间，荷兰总督揆一派使者送信给郑成功，表示愿送白银十万两，请求郑成功撤兵，放弃台湾城。郑成功斩钉截铁地说："台湾一向是中国的土地，必须归还，你们如果赖着不走，我们就把你们赶出去！"

　　为了逼荷兰人投降，郑成功命令士兵在城外挖壕、设障、安置大炮，将台湾城团团围住，在围困了 8 个月之后，郑成功下令发起了猛攻，荷兰人走投无路只好投降，郑成功终于打败了荷兰殖民者，收复了台湾，捍卫了祖国的领土完整。1662 年，荷兰殖民者在投降书上签字，从此离开了台湾。至此，荷兰殖民主义者侵占我国台湾长达 38 年的历史宣告结束，台湾重新回到祖国的怀抱。

英雄少年誓死不屈

俗话说"自古英雄出少年"，可见少年也可以做大事，在我国历史上的少年英雄不胜枚举，明末清初的夏完淳便是其中一位很有民族气节的少年英雄。夏完淳出生在一个爱国志士的家庭，年幼时曾师从张溥、陈子龙等著名学者，学得满腹诗文，同时又深受父亲夏允彝等爱国志士的影响，从小就怀有远大抱负，经常思索救国救民的良策。

明朝末年，清军大举南下，一路攻城略地。当时的夏完淳只有 15 岁，年纪虽然小，但却丝毫没有畏惧之心，听闻父亲和老师要变卖家产作为抗清的军费，便主动请愿和父亲夏允彝、老师陈子龙一同起兵抗清。后来战事节节失利，夏允彝和陈子龙相继殉国，夏完淳也被清军捕获。当时清军主持军务的是洪承畴，字亨九，是明朝的降将。他听说夏完淳被抓，便立刻下令带上堂来，准备劝其投降。洪承畴见夏完淳是个英俊少年，便借机诱惑说："你小小年纪便随人造反，一定是有人误导，只要你肯归顺大清，保证你今后高官厚禄、衣食无忧，何必在此当阶下囚呢！"夏完淳明知堂上坐着的是洪承畴，却装作不认识，回答说："我常常听说亨九先生是本朝人杰，在松山杏山一战中，血溅章渠、英勇神武。我曾发誓要像他那样杀敌报国，宁死不降。"洪承畴听了羞得面红耳赤。这时旁边有人告诉夏完淳，上面的人就是洪承畴，他已归降大清。夏完淳发出一声冷笑说："亨九先生之死，天下无人不晓，当时设祭，崇祯皇帝亲临哀悼，泪流满面，众人也拜倒痛哭。你是何等恶人，胆敢冒充忠臣大名，实在太卑鄙了！"随后便冲着洪承畴骂不绝口。

　　"死而复生"的洪承畴就这样被痛骂一顿，却无法反驳，脸上红一阵白一阵。当着文臣武将竟被一个小孩子戏弄，洪承畴顿时觉得颜面尽失，于是下令严刑拷打夏完淳，并投入大牢。在狱中，夏完淳发誓忠心报国，绝不苟且偷生，并发出誓言："今生已矣！来世为朝，万岁千秋，不销义魂。九天人表，永历英魂。"流露出少年英俊所特有的一腔豪气，让人们为之动容。当年秋天，夏完淳和岳父等三十多人，在南京西市刑场同时被处死。年仅17岁的小英雄夏完淳临难时，刽子手喝令他跪下，他仍大义凛然，昂首挺胸，坚决不跪。在生死面前，一个17岁的青年能够临危不惧，正像他自己所说"今生已矣！来世为朝，万岁千秋，不销义魂，九天人表，永历英魂"，这样的英雄气概，让人们由衷的敬仰。

林则徐虎门销烟

　　19 世纪上半叶，清朝的封建统治日渐衰败，而与此同时，西方列强正在崛起，其中以英国的工业发展水平最高。为了开辟国外市场推销工业品，掠夺廉价的工业原料，英国把侵略的目标指向我国。当时我国国内仍然是自给自足的自然经济，英国的工业产品在我国几乎无人问津，而我国的丝绸、茶叶、瓷器等商品在英国销量很好，在与英国的正常贸易中我国处于出超地位，大量白银流入我国。为了扭转贸易逆差的不利局面，英国开始把鸦片偷运到我国，进行罪恶的鸦片走私贸易，给我国带来巨大危害。

　　鸦片是一种毒品，俗称"大烟"，并不是正当的商品。英国政府禁止鸦片在国内销售，却鼓励商贩向我国走私。鸦片的输入，使英国资本家赚得盆满钵满，而我国的白银却大量外流，加剧了清政府的财政危机。更严重的是，当时上至达官贵族，下至普通士兵、平民百姓都在吸食鸦片，严重地摧残了吸食者的体质，甚至已经危及到清朝的统治。

　　看到这样的景象，以林则徐

为代表的大臣们开始上书道光皇帝，请求严禁鸦片，林则徐指出："如果不赶快禁止鸦片。几十年后，恐怕没有能作战的士兵，也没有可以充作军饷的白银了。"为了解决这个问题，1838 年底，道光皇帝任命禁烟派首领林则徐为钦差大臣，前往广州查禁鸦片。林则徐是福建福州人，曾任江苏巡抚和湖广总督，他看到鸦片的危害，提出了配制断瘾丸、强迫吸食者戒绝、大举搜查烟枪土膏等六条禁止鸦片的办法。1839 年 3 月，林则徐在广州一面整顿海防，一面开展禁烟，惩办吸毒贩毒罪犯，收缴烟土烟枪，并通令外国烟贩三天内必须交出所有鸦片，并保证以后永不夹带入境，否则一经查出，不仅要没收鸦片，人也要被逮捕治罪。一开始，外国烟贩们千方百计地拖延，还妄图收买林则徐。林则徐不为所动，坚定地表示："若鸦片一日未绝，本大臣一日不回，誓与此事相始终，断无中止之理！"林则徐的这些举措，得到了广州各界群众的大力支持和拥护，城乡各地纷纷呈缴烟具，揭发检举鸦片贩子，禁烟运动迅速高涨。最终，在林则徐和广州人民的强大压力下，英美商人被迫交出鸦片 237.6 万余斤。

随后，林则徐决定把收缴的鸦片在虎门海滩当众销毁。1839 年 6 月 3 日，虎门海滩被人们围的水泄不通，在林则徐主持下，被收缴来的鸦片全部集中于虎门海滩前的两个大池内，用卤水和石灰泡浸，并不停搅拌，池水沸腾，不炊自燃，使之再也不得合成膏，等海水涨潮时，随浪送出大海，全部销毁。许多外国商人看到这惊心动魄的场面，都非常震惊，他们恭恭敬敬地走到林则徐的台前，摘下帽子，躬身弯腰，以示敬畏。林则徐对他们说："现在你们都看到了，天朝禁烟极严。希望你们回去以后，转告贵国商人，从此要专做正当生意，不要违犯天朝禁令，走私鸦片，自投罗网。"商人们垂手敬听，连声称是。虎门销烟整整进行了 23 天，直到 6 月 25 日，近两万箱鸦片被全部销毁，大大振奋了人心。虎门销烟是我国人民反对外国鸦片侵略的一次伟大胜利，维护了我国的尊严和利益，向全世界展现了中华民族反对外来侵略的坚强意志，领导禁烟运动的林则徐，是当之无愧的民族英雄。

关天培虎门殉节

鸦片战争时期，林则徐虎门销烟，大长了国人志气，灭了敌人威风，但懦弱的清政府害怕英国人的淫威，不得不撤了林则徐的职，任命琦善为钦差大臣，接替了林则徐的职务。琦善到了广州后，极力讨好英国人，这使侵略者的气焰更加嚣张。不久，英军便借口进攻虎门，企图以武力打开我国的大门。

1841 年 2 月，英军向虎门的钱横档、永安两个炮台进攻，由于武力相差悬殊，这两个炮台很快沦陷。英军紧接着要向镇远、威远二个炮台发动进攻，而这两个炮台也由于琦善的卖国求荣和从中捣鬼，同样不堪一击，想守住虎门谈何容易？而此时镇守在此的清军水师将领正是已经 62 岁的老英雄关天培。关天培自幼习武，为人正直，曾因抵御外敌、巩固海防立下过赫赫战功。在他担任广东水师提督期间，还是林则徐开展禁烟运动的得力助手。

面对即将开始的战斗，关天培知道这可能是自己最后一次战斗了。在出征之前，关天培拟好一封家书，派自己的心腹将士孙长庆送到家中，信中写道："上不能报君恩，下不能敬养老母，又不能教子成材，这一切只能由我妻代劳了。今日为国捐躯，死得其所。切勿悲哀，望你们多保重，教育子女勿忘国家民族，永不与奸同流合污……"而这封信也成了关天培的绝笔信，捎信诀别亲人后，关天培召集了守卫炮台的将士官兵，他对众将士说："人可死，志不可侮。今日，我们面对强敌，只有决一死战，以报国恩。我在此对天发誓，我在炮台在，决不后退！"关天培誓与炮台共存亡的决心感染了将士们，大家也随着齐声高呼："我等誓与炮台共存亡!"

第二天早晨，英军向虎门最后的几个炮台发起了攻击，由于敌人炮火猛烈，前边的炮台相继失陷，数百名士兵相继阵亡，英军继续猖狂北窜，要夺取后面的靖远、镇远和威远三座炮台。在炮台阵地上，关天培亲自指挥应战，士兵们早把生死置之度外，炮弹一发接一发，连连射向敌人。关天培一边指挥士兵反击，一边自己点火发炮，多次击退了英军的进攻。战斗进行了七八个小时，我军士兵伤亡过半，火药也不多了，关天培负伤十几处，血流如注。不久炮身热了，炮筒红了，突然"嘣! 嘣!"几声，八门大炮全崩裂了，英军乘势扑上了炮台。面对穷凶极恶的敌人，关天培毫无惧色，挥舞着钢刀冲上前去，砍死了前面的几个敌人，后面又拥上来一群敌人，关天培把钢刀高高举起，拼力向敌人的头上砍去，就在这时，一颗子弹击中了他的胸膛，英雄壮烈牺牲。关天培为保卫祖国献出了宝贵的生命，为纪念这位爱国将领，林则徐特意为他写了一副挽联："功高靖海长城倚，傲霜花艳岭南枝。"

左宗棠收复新疆

　　我国的新疆古称"西域"，地处中亚东部，与中亚和印度接壤，自古以来就是兵家必争的战略要地。为了加强对西北疆域的统治和管辖，公元前101年，西汉政府在西域设置使者校尉；公元前60年，西汉政府在乌垒设置西域都护，从此以后，我国历届中央政府都在西域设官建制，有效地行使对西域地方的管辖权。

　　18世纪上半叶，乌孜别克族的明格部在中亚费尔干纳盆地建立了浩罕国，1865年初，浩罕国的军事头目阿古柏率兵侵入我国新疆南部，利用农民起义后各个割据政权互相攻伐的机会，阿古柏采取各种卑鄙手段侵占了整个南疆。随后，阿古柏又用两年多时间，镇压新疆当地群众的反抗，进一步攻占吐鲁番和乌鲁木齐，天山南北的广大地区几乎都落入了阿古柏的魔掌。而此时正在中亚争夺霸权的英国人和俄国人，都一眼看中了阿古柏，想利用他作为肢解

新疆领土的工具。特别是俄国沙皇，他不但明目张胆地支持阿古柏叛乱政权，而且在公元1871年亲自出兵占领新疆伊犁，甚至还自说自话地把伊犁划为俄国的领土。

面对新疆的边防危机，全国民众纷纷要求出兵收复新疆，但是在清廷内部，却对要不要收复新疆产生了两种截然不同的声音。北洋大臣李鸿章竭力反对，他认为："新疆地方大，人又少，每年要花去三百多万银两的军费。用这一大笔钱去换几千里的贫瘠土地，实在是划不来。再说与俄国人打仗，我们几乎没有赢的可能。"但是，陕甘总督左宗棠却坚决主张出兵收复新疆，他据理力争道："新疆是中国的西北门户，如果我们放弃了，那么，非但甘肃、陕西有麻烦，而且蒙古、山西从此也将不得安宁，就连北京城将来也会受到很大的威胁。"经过激烈的争论，朝廷最后采纳了左宗棠出兵收复新疆的意见，并在公元1875年5月任命他为钦差大臣，负责新疆军务的统一指挥。而此时，左宗棠已经是一位年近七旬的老人了，为了维护国家利益，他不顾自己年老体弱，亲自挂帅出征。

新疆以天山为界，分为南疆和北疆。1876年，左宗棠率清军分三路挺进新疆，他采取了先围攻北疆，再出兵南疆的策略，而围攻北疆的突破口就是乌鲁木齐。此时守卫乌鲁木齐的，是投靠阿古柏的叛将白彦虎。清军的先头部队趁夜对乌鲁木齐发动猛攻，一举占领了乌鲁木齐的外围据点古牧地。阿古柏知道消息后，连忙派兵增援。经过三个多月的激战，清军最终打败阿古柏的援兵，收复了乌鲁木齐，还一口气攻克了昌吉、呼图壁、玛纳斯等地，白彦虎则慌忙败逃南疆。随后，左宗棠马不停蹄，向盘踞南疆的阿古柏军队发起总攻，仅花了半个月的工夫，左宗棠率领的清军就突破了阿古柏设置的一道道防线，连续攻克达坂、鄯善、吐鲁番、托克逊等地，消灭敌人一万多人。英国人见势不妙，耍起"调停"的花招，并通过清政府向左宗棠施加压力，左宗棠不予理睬，继续追击残敌，阿古柏被打得仓皇逃窜，最后服毒自杀，他的儿子伯克胡里带着残兵败将逃到俄国境内。左宗棠前后只用了一年半的时间，就收复了除伊犁以外的新疆全部领土，使新疆重新回归祖国怀抱，维护了国家的利益和民族的尊严。

冯子材镇南大败法军

　　清朝末年，国家内忧外患，民不聊生，面对西方列强的屡屡进犯，腐败的清政府连连退让，或者忍辱求和，或者投降弃城，但这期间，也有爱国将领不顾生死冲锋陷阵，大败外敌的美谈。在1883年爆发的中法战争中，老将冯子材率军在镇南关大败法军便是其中的著名战役。

　　中法战争爆发后，战火很快烧到了中越边境的广西镇南关，镇南关是越南通往我国西南地区的要塞门户，有着极为重要的战略价值。法军攻破镇南关，就等于将战火烧到了我国境内。当时广西的商民听说镇南关失守后，纷纷举家迁徙，战败的清军游勇也大部分溃散，逃军和难民成群结队，蔽江而下，使广西全省大震，人心惶惶。就在这危机关头，已经年近70的老将冯子材临危受命，率部赴关迎战。冯子材到达广西前线后，首先大力整顿溃军，迅速稳定了溃败后的局面。同时，冯子材利用多年的老关系，广泛联络边民，加紧修筑前线工事，准备积极出关反击，收复镇南关。

　　由于镇南关的城墙和防御工事都已被法军破坏，冯子材经过实地勘察，决定以镇南关以北十里处的关前隘作为诱敌聚歼的主战场。关前隘是镇南关以北的一个通道地区，地势险要，中间只有一条宽约两里的关道，东西两面都是高山夹峙。冯子材命人在关前隘口抢修了一条三里半的长墙，横跨东西两岭，岭上建了5座炮台。长墙外，冯子材则又命士兵挖了几千个梅花坑，坑上盖着草皮，并在东西两岭半山腰挖了四尺宽的深堑，切断关道，以利坚守，从而构成一座坚固而完整的山地野战防御阵地体系。

　　经过周密布防后，冯子材为了打乱法军的部署，决定攻其不备，先发制人。1885 年 3 月 21 日，冯子材指挥清军于夜晚主动出击，突袭了盘踞在文渊的法军，法军受损之后果然按捺不住，于 23 日凌晨法军两千余人兵分三路扑向镇南关，随后展开激战，虽然双方武力相差悬殊，但在枪林弹雨中，清军将士个个奋勇杀敌，抗住了法军一波又一波的攻击。等到 24 日的黎明，法军趁着大雾猛扑长墙，所用炸弹，不下千计。眼看着长墙几处被轰塌，法军先头部队已经爬上长墙，冯子材痛下军令：凡临阵败逃者，一律杀无赦。自己则头上裹着军旗，光脚穿着草鞋，手持长矛呼喊着，率领两个儿子和大刀队千人，跃出长墙，冲入手持洋枪的法军敌阵。冯子材的身先士卒大大激励了清军将士，纷纷拿起武器勇猛地冲向法军阵地，在关前隘与法军展开了殊死搏斗。肉搏战中，清军将士人人以死报国，奋勇拼杀，在冯老将军英勇精神的感召下，爱国官兵们个个杀红了眼，终于把法军逼离长墙，压下山谷，夺回了东岭三座炮台。

与此同时，清军的后援部队源源赶到，而法军的增援部队和弹药给养被清军截击，法国人因得不到及时补充而陷入困境，士气低落，镇南关的局势瞬间发生了变化，冯子材见机不可失，便立刻指挥清军发起了声势浩大、排山倒海般的反攻。而此时被侵占的越南义军、边境各族人民也纷纷赶来助战，法军三面受敌，全线崩溃，被追杀 20 余里，丢下 1000 多具尸体和无数辎重，仓皇南逃，冯子材指挥清军乘胜追击，连破文渊、谅山，将法军驱逐至郎甲以南，这就是震撼中外的镇南关大捷。镇南关一役使清军在中法战争中转败为胜，大大振奋了民族精神，冯子材古稀之年手持长矛冲锋陷阵、杀敌在前的事迹也被人们所世代传颂。

邓世昌黄海壮节

自古以来，保家卫国、战死沙场是很多爱国军人的伟大志向，尤其是那些明知危险在前仍会勇敢赴难的人，则更加令人敬佩，在中日甲午海战中牺牲的邓世昌就是这样的一个人。

邓世昌原名永昌，字正卿，是我国广东番禺人。1874 年，从小便立志成为一名海军的邓世昌以优异的成绩从船政学堂毕业，被派任为"琛航"运输船的一名大副，以后历任"海东云"舰、"振威"舰等兵船管带。1879 年，李鸿章筹办北洋海军，邓世昌被调到北洋海军，后来成为清朝北洋舰队中"致远"号的舰长，他"执事惟谨"，"治事精勤"，刻苦钻研海军战略战术理论，注意学习西方海军的先进技术和经验，在他的精心训练下，"致远"舰"使船如驶马，鸣炮如鸣镝，无不洞合机宜"，成为北洋舰队中训练有素，最有战力的主力战舰之一。

清朝末年，我国内忧外患，西方列强对我国虎视眈眈，海防线成为列强妄图打开中华国门的一把钥匙。1894 年 7 月，日本发动了蓄谋已久的中日甲午战争，9 月 17 日，中日两国海军主力在黄海相遇，黄海大战爆发。战争中，邓世昌指挥致远号一直冲杀在前，奋勇杀敌，连连击中日舰。当他发现担任指挥的旗舰被击伤、大旗被击落时，立即下令在自己的舰上升起旗帜，吸引住敌舰，稳定了军心。后来在日舰的围攻下，致远号多处受伤，船身开始倾斜，炮弹也打光了。邓世昌感到最后的时刻到了，他对全舰官兵说道："吾辈从军卫国，早置生死于度外，今日之事，有死而已！""然虽死，而海军声威弗替，是即所以报国也！"说完便下令开足马力向日舰的吉野号冲过

087 | 荣 辱

去，决意与敌舰同归于尽，倭舰官兵见状大惊失色，拼命逃窜，集中炮火向
"致远"射击，并向致远号连连发射鱼雷，致远舰在躲过一条泡沫飞溅的鱼
雷后，不幸被另一条鱼雷击中而沉没。邓世昌随船坠落海中，他的随从把
救生圈抛下去救他，但他看到全舰沉没的惨状后断然拒绝了救援，慷慨地
说道："我立志杀敌报国，今死于海，义也，何求生为！"，他养的爱犬"太
阳"游到他旁边，衔住他的衣服，想要救起他，但邓世昌誓与军舰共存亡，
狠了狠心，将爱犬按入水中，一起沉入了碧波汪洋，与全舰官兵一同壮烈殉国，
年仅45岁。

邓世昌壮烈牺牲后，举国震动，光绪帝感念他的精神为其撰联："此日
漫挥天下泪，有公足壮海军威"，并赐予"壮节公"谥号，追封"太子少保"，
入祀京师昭忠祠。英雄葬身大海，但其精神却永留人间，世代相传，1996
年12月28日，中国人民解放军海军为新式远洋综合训练舰命名为"世昌舰"，
以此纪念邓世昌，更以英雄之名昭示我国海军风骨。

孙中山号召振兴中华

在世世代代的中华儿女心中，都有一个"振兴中华"的理想，而最早提出这个理想的人是我国伟大的革命先行者孙中山先生。

1866 年，孙中山出生在广东省香山县翠亨村的一户农民家庭。当时，中国正从一个独立自主、领土完整的社会一步步沦为半殖民地半封建社会，清王朝已成了"洋人的朝廷"，成了外国列强奴役和掠夺中国的傀儡和工具，这样的社会现实给广大人民群众带来了深重灾难，也使中华民族面临严重的生存危机。孙中山看透了清朝的腐败和反动，他深深地知道，只有推翻清王朝，才能使中国免遭帝国主义的瓜分，只有实行民主革命，才能真正的救中国。

1894 年，孙中山在太平洋上的檀香山发起创建了第一个反清革命团体——兴中会，顾名思义，就是振兴中华的意思。在为兴中会起草的章程中，孙中山明确提出："是会之设，专为振兴中华、维持国体起见"，这便是"振兴中华"这句话的由来。在当时中华民族被西方人视为"劣等民族"的年代里，孙中山以挽救民族危亡为己任，提出"振兴中华"的理想，凝聚了对国家和民族满怀的深情，饱含了对中华民族美好未来的憧憬。后来，孙中山又经常不断地宣传振兴中华的思想，将广大中华儿女团结在这一激动人心的口号之下，为中华民族的解放和进步事业前赴后继。

在孙中山的领导下，仁人志士发动了一次又一次的武装起义，很多人流血牺牲，终于在 1911 年取得了武昌起义的成功，推翻了清王朝的统治，结束了延续两千多年的封建帝制，建立了民主共和国。孙中山一生经历了无数的挫折和失败，但他从不退却，并从中吸取教训，不断前进。他"适乎世界之潮流，合乎人群之需要"，一生追求进步，为国家的独立、民主和富强整整奋斗了四十年。孙中山将一生都贡献给了人民，贡献给了"振兴中华"的伟大事业。时至今日，"振兴中华"的理想仍然激励着全体中华儿女为中华民族的伟大复兴而努力奋斗。

林觉民绝笔殉国

　　1911 年 3 月，在辛亥革命爆发前夕，有一位有志青年，写下一封诀别信后，便投身追求共和的黄花岗起义，受伤被捕，英勇就义，牺牲时年仅 24 岁，留下怀孕 8 个月的年轻妻子和 5 岁的幼子。这位青年，就是被自己的敌人都赞誉为"面貌如玉，肝肠如铁，心地如雪"的林觉民，这封书信，就是感人至深的《与妻书》。

　　1887 年，林觉民出生于福建福州，因为他的叔父林可珊没有子嗣，他的父亲便把他过继给他的叔父当儿子，林可珊从小就对这个儿子疼爱有加，并悉心栽培，希望有朝一日林觉民可以考中科举，光宗耀祖。谁知无意考取功名的林觉民，在 13 岁参加科举考试时只在考卷上写了"少年不望万户侯"七个大字，便扬长走出了考场。后来，林觉民考入了福建的全闽大学堂，这是一所新式学堂，教他的老师又是清朝第一批留美生沈学监，因此，林觉民接受到了许多和当时传统教育不一样的新思想、新思潮，比如民主革命思想、自由平等学说等等，越是接受这些新的思想，林觉民越有感于当前中国政府的腐化和落后，他开始积极学习和宣传进步思想，并和一些同学成立了私学，以方便宣传。林可珊十分担心儿子这样的行为，于是就想着给儿子成一门亲事，让他收收心，谁知林觉民结婚后又在家中兴办了女学，带动自己的妻子陈意映和堂妹 10 余人学习新思潮，抨击封建礼教，也正是在这个过程中，他与妻子结下了深厚的感情。眼看着儿子"离经叛道"，林可珊很着急，经过再三思考他决定送儿子去日本留学，林觉民这才依依惜别了妻子踏上了日本求学之路。

来到日本，林觉民才惊觉原来有许多和自己一样的有志青年，在别人的介绍下，林觉民加入了孙中山成立的同盟会，并立志要为国家、为人民的幸福奉献自己。1911年4月初，在林觉民日本留学四年之后，他听到了要发动广州起义的消息，于是毫不犹豫地回了国，到家之后，他为了不惊扰父亲和家人，一面骗他们说是学校放樱花假所以回来，一面积极与同盟会成员部署广州起义的各种事宜。在广州起义爆发的三天前，林觉民想到即将到来的起义可谓是凶多吉少，想到了远在家乡怀有身孕的妻子和年事已高的父亲，不禁思绪万千，彻夜难眠，便奋笔疾书给他们分别写下了诀别书，其中一封就是被后人传诵至今的《与妻书》："吾至爱汝，即此爱汝一念，使吾勇就死也。吾自遇汝以来，常愿天下有情人都成眷属；然遍地腥云，满街狼犬，称心快意，几家能彀？司马青衫，吾不能学太上之忘情也。"

1911年4月27日下午5点半，广州街头出现了一批臂缠白巾、脚穿黑胶鞋的青年，手里拿着武器，匆匆赶往总督署，广州起义爆发。两广总督张鸣岐早已闻风逃跑，起义者举火焚烧总督署后冲出，行至东辕门，遭遇清水师提督李准亲率的卫队。在激烈的巷战中，林觉民被一颗流弹击中腰部，满身是血，力竭被俘。当时清两广总督张鸣岐、水师提督李准亲自审讯了他，在公堂上，遍体鳞伤的林觉民态度从容。他不会讲广东话，当时的广东官员中很多人懂英语，于是就改用英语作答。后来，他索性坐在地上，侃侃而谈，纵论世界形势和革命道理，奉劝清吏革除暴政，推翻封建政府，尽早建立共和政体，他的才气和气魄震动了清朝官吏。被关押的那几天，林觉民用绝食表示抗议，最终从容就义，成为黄花岗七十二烈士之一。

吴玉章维护国家尊严

　　吴玉章是我国老一辈无产阶级革命家、杰出的教育家，早年他曾经留学日本，他所在学校由于学生来自世界各个国家，因此形成了一个惯例：每逢新年元旦，就把世界各国的国旗都挂出来庆贺。1904年元旦的那天，吴玉章也跟其他同学一样喜气洋洋地过节，可是来到校园里一看，学校竟然没有悬挂中国国旗。

　　吴玉章这下可气急了，他马上组织所有在校的中国学生，带领他们一起找到了校方负责人。吴玉章代表中国学生向校方提出了严正抗议："你们为什么不挂中国国旗？我们既然在这里上学，却没有我们的国旗飘扬，这就不是一个完整的元旦。因此，我们要求你们道歉并马上纠正错误，挂上我们的国旗。要不然，我们就罢课，绝食抗议。"校方的主任认出说话的是吴玉章，就冷嘲热讽地说："平日我们对你那么好，知道你来自中国，家里没有钱，就从来不急着催你交学费。不仅如此，我们还发给你零花钱用，现在你竟然因为这种小事情就来找学校的麻烦，你怎么能这么做呢？"吴玉章严肃地说："学校对我是很好，这一点我非常感激。但是你犯了一个很大的错误，今天的事情不是一件小事，挂不挂国旗是一件关系国家荣辱的大事。我宁可失去求学的机会，也不能坐视我们国家的尊严受到侵犯。因此，今天我是准备斗争到底的。"最后校方迫于无奈，只好承认错误并悬挂上了中国的国旗。

　　十年以后，吴玉章已经成为一个革命家了，有一次出国，他恰好乘坐一艘日本的轮船，而时间又正好赶上1914年的元旦。船上同样悬挂起万国旗庆贺，可吴玉章看了一圈，仍然没有找到中国国旗。吴玉章记起 10 年前的那件事，痛心地想：祖国贫弱，政府无能，被外国人瞧不起，连挂国旗也想不到中国！可我是中国人，不能眼看祖国的尊严受到伤害却视而不见。于是，他毫不犹豫地带领船上的中国同胞向船长提出抗议，要求他马上挂上中国国旗。船长不解地说："这么多年了，我们一直都是这么做的呀！"吴玉章马上反驳说："不对，绝不会永远这样的，今天你必须把中国国旗挂起来，中国绝不会永远是这样的！"船长见他如此激动，中国人又这样爱国，无奈只能屈服，在船上挂起了中国国旗！

詹天佑不畏艰难修铁路

　　1872 年的中国正处在内忧外患之中，清政府的腐败无能让国家危在旦夕，外国侵略者的虎视眈眈更让中国雪上加霜。为了挽救自己的统治，清政府在西学兴起之际，分四批选派了 120 名少年去西方留学，这些孩子平均年龄只有 12 岁，被称为"留美幼童"。若干年后，在这些孩子中间出现了许多对中国很有影响力的人物，其中之一就是闻名中外的京张铁路总工程师——詹天佑。

　　当时，年仅 11 岁的詹天佑通过考试成为了第一批留美幼童，他的人生也因此有了重大转折。去往美国后，詹天佑和同学们一起住在美国家庭中，努力学习中西文化，正是在这种中西合璧的文化熏陶下，詹天佑很快成长为一个聪颖的翩翩少年，并考取了著名的耶鲁大学，选择了土木工程作为自己的专业，开始系统接受工程师的培训，从此与铁路工程结下了不解之缘。时局的变动总是很突然，在詹天佑和同学们留美学习九年之后，他们突然被清政府紧急召回，留美计划就此终止了。

　　回国后的詹天佑一心想用自己所学的知识造福祖国，可当时时局动荡，他被迫来到了福建海事局，成为了一名航海员，整整七年没有从事自己心爱的铁路工程师工作。然而命运总是会垂青那些发奋努力的人，经别人介绍，詹天佑在 1888 年得到了一个机会，成为了新成立的中国铁路公司的一名工程师，也是我国第一名铁路工程师。在他热爱的领域里，詹天佑开始大展拳脚，先后修建了塘沽到天津的铁路，天津至山海关的铁桥等等艰巨工程。

　　此时，清政府提出了修筑京张铁路的计划，但由于从北京到张家口的这段铁路将成为联结华北和西北的交通要道，于是，一些帝国主义国家纷纷出面争夺铁路的修筑权，希望以此借机进一步控制我国北方，特别是沙俄与英国的竞争最为激烈，谁也不肯相让。事情争执了很久也没有定论，帝国主义国家觉得这条铁路修建起来比较困难，于是又采取了不闻不问的态度，理所当然地认为如果没有他们资金与技术的支持，中国的铁路根本不会动工，最后还得向他们妥协。结果，帝国主义国家这次打错了算盘，清政府打算自己修筑铁路，任命詹天佑为京张铁路的总工程师，并声明：这条铁路完全由中国人自己修筑，不会雇佣一个外国工程师。消息一传开，全国都轰动了，国人都认为詹天佑是给中国争光了，那些帝国主义者却认为这是个笑话，中国的工程师怎么可能独自完成连他们都觉得艰巨的工程。当时有一家外国报纸甚至写到："中国能在南口以北修筑铁路的中国工程师还没有出世呢！"

　　原来，要修建的京张铁路全长200公里，要穿越八达岭，不仅地势险要，而且到处都是悬崖峭壁，外国人认为这样艰巨的工程，连外国著名的工程师都望而却步，中国人无论如何也不会完成的。面对帝国主义者的质疑，詹天佑只是坚定的表示："中国一定会有自己造的一条铁路。"自从接受了任务，詹天佑就投入到忘我的工作中，他先是带着工作队勘探路线，哪里地势适合架桥，哪里得开山，哪里要把陡坡铲平，这些他都经过了精密计算。他们勘探的环境常常非常恶劣，不是狂风怒号就是黄沙满天，一不小心还有掉下深渊的危险，可不管怎样詹天佑都坚持亲力亲为，不出丝毫的差错。他还常常虚心请教当地熟悉地形的农民，以便找到最合适的铁路路线。在前期精细的测量之后，铁路终于要开建了，可新的问题又出现了。铁路要经过许多高山，开凿隧道是解决的办法，但是居庸关和八达岭因为地势极其险要，怎么开凿隧道成了当务之急。经过反复现场探测和测算，詹天佑依据居庸关地势高、岩石厚的地势，决定采取从两端同时向中间开凿的办法，先从山顶往下打一口竖井，再从两头分别开凿，这样的施工整整把工期缩短了一半，成为当时的一个创举。詹天佑另外一个创举就是"人"字形线路，原来的铁路路线有一段是要经过青龙桥附近，而青龙桥附近坡度特别大，火车怎么才能爬上这样的陡坡呢？詹天佑依据这种山势，就设计出了一种"人"字形路线：北上的列车到了南口就用两个火车头，一个在前边拉，一个在后边推。过青龙桥，列车向东北前进，过了"人"字形线路的岔道口就倒过来，原先推的火车头拉，原先拉的火车头推，使列车折向西北前进。这样一来，火车上山就容易得多了。

　　在詹天佑的带领下，京张铁路最后用了不到四年的时间就全线竣工，比原计划整整提早了两年，成为第一条完全由我国的工程技术人员设计施工的铁路干线，被外国工程师视为"不可能的奇迹"。1909 年 8 月 11 日，京张铁路全线通车时，举国欢庆，被压迫已久的中国人终于扬眉吐气，詹天佑用出色的成绩有力回击了帝国主义的冷嘲热讽。今天，如果你乘火车去八达岭，路过青龙桥车站，就会看到一座詹天佑全身站立的铜像，面对着"人"字形的岔道，寄托了人们无限的敬仰与爱戴，成为这位杰出的爱国铁路工程师的永久纪念。

"只要主义真"的夏明翰

"砍头不要紧，只要主义真；杀了夏明翰，还有后来人！"这首正义凛然的《就义诗》是我国无产阶级革命家夏明翰在英勇就义前愤然写下的千古名篇，当时夏明翰因拒不投降而惨遭国民党军阀杀害，年仅 28 岁。

1900 年农历八月，夏明翰出生在湖南衡阳的一个封建官僚家庭，祖父和父亲都是当地有名望的乡绅，后来父亲早逝，夏明翰由祖父抚养。少年时的夏明翰并未以"夏府少爷"自居，而是经常力所能及的帮助一些穷苦人，做自己认为该做的事情。1917 年，夏明翰违背祖父的意愿，考入了湖南省立第三甲种工业学校机械科。在校期间，他开始接触到进步书籍，并参加了衡阳学界的爱国组织"砂子会"，展开了各种形式的反对北洋军阀斗争。

"五四"运动爆发后，夏明翰和蒋先云等同学奋起响应，在衡阳发动学生罢课，推动商人罢市，积极声援北京学生的反帝反封建爱国斗争。他还联络其他学校的学生，组织游行示威活动，并再三向县政府请愿。同时夏明翰还带着一个演讲团，经常到各地进行演讲活动，宣传反帝爱国思想。夏明翰的口才很好，言词激昂慷慨，经常是"讲者声泪俱下，听者掩面而泣。"在衡阳掀起的"抵制日货、查封日货"的斗争中，夏明翰首先发动自己的弟弟、妹妹把家里的日货都找了出来，连祖父藏在夹墙里的日货也全部搜出来烧掉。在这之后，他又组织各界人士成立了抵制日货衡阳分会等组织，带领大家到货场、仓库、商店等处清查日货，把查到的日货全部集中销毁。夏明翰的这些举动引起了当地一些富商、绅士的恐慌，纷纷要求他的祖父夏时济对他严加管教，气急败坏的祖父把他关进了家里的小房间，一步也不准出来。一天雨夜，在弟弟的帮助下，夏明翰从小窗口逃了出来，从此离开了这个封建家庭，再也没有回去。

1920 年，夏明翰到长沙结识了毛泽东、何叔衡等人，之后投身革命，并在 1921 年加入了中国共产党。1928 年初，夏明翰奉命被调去中共湖北省委工作，3 月 18 日，由于叛徒出卖而不幸被捕。在狱中，夏明翰忍受了敌人的种种酷刑都没有屈服，还以各种方式与敌人进行了针锋相对的斗争。

在最后一次审讯中，审讯官问夏明翰："你姓什么？"夏明翰轻蔑地回答："姓冬。"

"你明明姓夏，为什么说姓冬？简直是胡说八道！"

"我是按你们国民党的逻辑讲话的，你们的逻辑是颠倒黑白，混淆是非！你们把杀人说成慈悲，把卖国说成爱国。所以我也用你们的逻辑，把姓"夏"说成姓"冬"，这叫以毒攻毒！"

主审官被夏明翰说的哑口无言，只好继续问："你多少岁？"

"我是共产党，共产党万岁！万万岁！"

"你的籍贯是哪？"

夏明翰的回答越来越激昂："革命者四海为家，我们的籍贯是全世界。总有一天，红旗会要插遍全世界！"

主审官被气得火冒三丈，声色俱厉地问："你有没有宗教信仰？"

"我们共产党人不信神不信鬼，不信什么宗教。"

主审官马上说："那么你就没有信仰了？"

夏明翰深知反动派这样来问是一个阴谋，如果答"没有信仰"，就等于放弃自己的信仰"自首"，立即斩钉截铁地回答："我当然有信仰，那就是信仰马克思主义！"

主审官气得大吼道："你究竟知不知道你们的人在哪？"

"知道！"

"在哪里？"

"都在我的心里！"

主审官被气得浑身发抖，只好命令士兵把夏明翰带下去。反动派在夏明翰身上连半根稻草都没捞到，顿时失去了希望，决定残忍的杀害夏明翰。

1928 年 3 月 20 日的清晨，夏明翰被五花大绑的押出监狱，押赴刑场，虽然此时的夏明翰已被折磨的遍体鳞伤，但他仍然昂首挺胸，目光坚定，一路上高呼革命口号，不断唱起《国际歌》，周围的群众都感动得流下眼泪，纷纷围拢过来为英雄送行，向共产主义战士致敬。行刑前，当执行官问夏明翰还有什么遗言要讲时，他大声说："有，给我拿纸笔来！"反动派还以为夏明翰要招供，赶紧送上了纸和笔，夏明翰挥笔写下了千古绝唱的《就义诗》："砍头不要紧，只要主义真；杀了夏明翰，还有后来人！"夏明翰大声念完后英勇就义，这首诗也随着英雄的事迹被世代传颂，激励了一代又一代的共产党人为了理想和信念英勇奋斗。

同甘共苦的领路人

1928 年冬天，驻扎在井冈山上的红四军 32 团副团长王佐得知军长要到团里来视察工作，就亲自在茨坪挑选了一间最好的房屋，派战士细心打扫干净，又找来当地人特别喜欢的"凉床"，安放在通风好、见阳光的窗户下。拿出一条厚棉被，整整齐齐地叠放在床头，再生着一盆旺旺的炭火，把房间烘得暖乎乎的。

王佐要接的这位军长正是当时工农革命军第四军的军长——朱德，王佐本以为朱军长一定会骑着骏马走大路上井冈山，因此晌午刚过，他就到村外的大路口去等候。但一直等到太阳快落山了，都没有见到朱军长的身影，无奈只好先返回村子。王佐走到村口，一个战士前来报告说："朱军长早就到啦！"王佐忙问："朱军长在哪里？"战士回答："朱军长看望战士们去了。"王佐这才大步流星赶紧往 32 团驻地跑。

在苍茫的暮色中，王佐远远望见有一个结实健壮的身影正在向军营走去，王佐赶上去一看，正是朱军长。他敬了个军礼问道："朱军长，您从哪条道来的？叫我在村外大路口空等一场哩。"朱军长笑呵呵地回答："这是军人的职业习惯嘛，叫做出其不意。"王佐听了以后，一边笑一边说："你这出其不意，害得我苦等了半天。"朱军长问："你等我有什么要紧事吗？""等你到我那里去住嘛，我都给您安排好了。"于是，王佐就向朱军长介绍房屋的准备情况。"朱军长耐心地听完后，对王佐解释说："我还是喜欢和战士们睡在一起，红军讲究官兵一致，同甘共苦。我和战士们一起睡惯了，一天不和大家睡在一起，我就要睡不着呀！"王佐说："井冈山冬天冷，垫稻草睡你吃不消。"朱军长回答："稻草很好嘛，战士们能睡我也能睡。"就这样，朱军长和32团的战士一起睡稻草铺，吃红米饭，喝南瓜汤，一点都没有例外。

王佐的母亲见朱军长和战士们一样过着艰苦生活，心里总过意不去。有一天，她做了几道好吃的菜，亲自去请朱军长到家里来吃饭。没想到朱军长坚决不去，还耐心地向她说明红军官兵应该同甘共苦的道理。王佐的母亲听了非常感动，从心眼里敬佩这位吃苦在前的好军长，她逢人就讲："朱军长是为穷人打天下，是咱同甘共苦的领路人。"

朱德的扁担

"朱德挑粮上坳,粮食绝对可靠;军民齐心协力,粉碎敌人围剿。"这首脍炙人口的歌谣,至今仍在井冈山地区流传,动情的讲述了关于朱德扁担的故事。

1928年4月底,朱德和陈毅率领一部分南昌起义和湘南暴动的队伍,来到了井冈山地区,和毛泽东领导的秋收起义部队胜利会师。由于井冈山的战略地位非常重要,国民党把井冈山革命根据地视为眼中钉、肉中刺,千方百计地想除掉它。在一、二次围剿失败后,国民党方面又对井冈山实行了经济封锁,妄图把红军饿死、困死在井冈山上。为了准备第三次反围剿,粉碎敌人的经济封锁,地方党组织积极动员群众为山上的部队送粮,往山上挑粮也就成了红军的一项日常性工作。在那段艰苦的日子里,作为军长的朱德总是亲自带领战士们下山到茅坪去挑粮。

从茅坪到井冈山上的茨坪有60多里的山路,峰险路陡、坎坷曲折,十分难走。1928年冬日的一天,天刚蒙蒙亮,朱德军长又带领部分红军战士和赤卫队员到茅坪去挑粮。这天,朱军长像往日一样精神饱满,穿着一身灰布军装,背着斗笠,扎着腰带,打着绑腿,穿着草鞋下山。来到茅坪,战士们有的用箩筐担,有的用口袋背,没有工具的战士索性脱下长裤,把裤口扎紧,把粮食装满两条裤腿,往肩上一搭一样方便。这样,大家挑的挑、背的背,翻山越坳,穿行在井冈山的蜿蜒山径上。

那年,朱德军长已经40多岁了,他头戴斗笠,挑着满满一担粮和年轻的战士们一道走着。大家觉得朱军长晚上忙着思考作战大计,白天还要挑粮,这样会累坏他的，便商量着一起到朱德军长面前提"抗议"，劝他少干些挑粮食的粗活。朱军长似乎看穿了大家的心思，没等他们开口便说："同志们，今天我们来比比赛，看谁最先赶到黄洋界上的大槲树那儿！"一听说比赛，战士们劲头来了："好啊！谁先到大槲树谁是英雄！"一个战士灵机一动说："朱军长，比赛可以，但有个条件。"朱军长问："什么条件？"战士说："你年纪大，不能挑那么多，分给我们一点。"朱军长一听，爽朗地笑起来了："那可不行！"说着，挑起担子就走了，留下了一阵笑声。

中午时分，队伍赶到黄洋界大槲树下休息，战士们七嘴八舌地说，劝也劝不住，讲也讲不过，怎么办？最后大家叫一个机灵的小战士把朱军长的扁担"偷"来藏起来了。战士们认为这样朱军长可以休息了，哪成想朱军长发现自己的扁担"不见了"之后，就去砍来一根大毛竹，用柴刀几下就做了一根又大又扎实的扁担，他还在扁担上写上"朱德扁担，不准乱拿"八个大字。从此，他的扁担再也没人"偷"了，战士们看到朱军长大步流星走在山路上，汗流浃背，扁担压得弯弯，都感动不已。这时，山道上响起了战士们的一阵阵歌声："同志哥，扁担闪闪亮，朱军长带头挑粮上井冈；井冈兵强马又壮，粮食充足装满仓；消灭白狗子，分田又分粮；保卫根据地，人民得安康……"朱德的一根扁担，成就了一个家喻户晓的故事。老一辈革命家身体力行、言传身教，鼓舞和教育了一代又一代的中华儿女。

吉鸿昌赤心爱国

"恨不抗日死，留作今日羞。国破尚如此，我何惜此头！"这首慷慨激昂的诗作，是一位伟大的共产党员、著名的爱国抗日将领在被敌人处刑前写下的就义诗，展示了这位爱国将领勇于牺牲的高尚情怀，这首诗的作者便是我们熟知的吉鸿昌将领。

1895年10月18日，吉鸿昌出生于河南省扶沟县吕潭镇一个贫苦农民家庭，1913年秋天，不满18岁的吉鸿昌弃学从戎，加入冯玉祥的部队，开始了一生的戎马生涯。因骁勇善战，屡立战功，受到冯玉祥的赏识，提升为手枪连连长，不久便升至军长。军阀大战后，吉鸿昌所在的部队又被蒋介石收编，他也调任改编后的第22路军总指挥兼第30师师长。

当时，日本帝国主义的狼子野心已经昭然若揭，中国的命运岌岌可危，而以蒋介石为首的国民党却还是热衷与共产党打内战，争权夺利，这种做法让自幼就以岳飞、文天祥等英雄为榜样的吉鸿昌无法接受。因此，当蒋介石派吉鸿昌去围剿鄂豫皖革命根据地时，他秘密策划了部队的起义，谁知计划还没有实施便已泄露，蒋介石随即解除了他的兵权，强令其携眷出国"考察"。此时，"九·一八"事变爆发，吉鸿昌强烈要求留在国内参加对日战争，并声泪俱下地说："但凡有良心的军人在国难当头之时都应该誓死效忠祖国！"但他的请求被蒋介石断然拒绝，吉鸿昌在特务的胁持下满怀悲愤的出了国。

邮船到美国之后，吉鸿昌接二连三地受到意想不到的刺激。西雅图的头等旅馆不接待中国人，对日本人却奉若上宾。有一次，他去邮局寄包裹，邮局职员竟说不知道中国。吉鸿昌怒不可遏，陪同的特务劝他说："你说自己是日本人，就可受到礼遇。"吉鸿昌怒斥道："你觉得当中国人丢脸，我觉得当中国人光荣！"为了让别人知道自己是中国人，吉鸿昌特地刻了一块写着"我是中国人"的牌子挂在胸前。为了反抗帝国主义者对中国人的歧视，显示作为一名中国人的光荣，他当即找了一块木牌，在上面写上"我是中国人"，时时挂在胸前。在美国期间，吉鸿昌还心系战乱中的祖国，他利用各种机会发表抗日演说，争取海外同胞和国际社会的支持，呼吁中国人民应一致对外，坚决抗日。在一次记者招待会上，有人问。"日本人有飞机、大炮，中国凭什么抗日？"他愤然拍着胸脯答道："我们有热血，有四万万人的热血。我国人民的愤激已经达到极点，莫不抱有宁为玉碎、不为瓦全的决心，誓愿牺牲一切，为生存而战，为公理而战！"

"一·二八"事变爆发后，吉鸿昌心急如焚，不顾重重阻拦，愤然回到上海，当即向蒋介石请缨出战。可蒋介石仍是横加阻拦，报国无门的吉鸿昌只能采取单独行动。在此期间，他广泛接触了一批共产党人，深受这些共产党人爱国思想的影响，终于在1932年秋，加入了中国共产党，从一名旧军人变成了一名光荣的共产党员，开始了有组织的抗日救国活动。

吉鸿昌首先联合了冯玉祥成立"察哈尔民众抗日同盟军"，率部众进攻察北日伪军，连克康保、宝昌、沽源、多伦四县，将日军驱出察境。蒋介石政府却在此时诬陷抗日同盟军破坏国策，与日军一起夹击同盟军。最终，吉鸿昌寡不敌众，弹尽粮绝以失败告终。但吉鸿昌并不气馁，失败后，又潜往天津，继续从事抗日活动。他按照党的要求，一面与中共秘密党组织的同志一起，奔波于平津及华北各地，联络各方，策反旧部，训练骨干，准备重新组织抗日武装；一面与中共秘密党员共同组织中国人民反法西斯大同盟，并被推为大同盟中央委员会成员，还秘密印刷《民族战旗》报作为大同盟的机关刊物，宣传抗日。

吉鸿昌一系列的抗日运动，终于招来了蒋介石的暗杀，1934年11月9日，吉鸿昌在天津法租界被国民党反动派逮捕。敌人使出种种恐怖手段对他进行迫害逼供，吉鸿昌却大义凛然，不屈不挠，他痛骂蒋介石卖国求荣，并以从蒋介石部队脱离成为一名共产党员为荣。蒋介石听后恼羞成怒，授意将吉鸿昌就地枪决。临刑前，吉鸿昌感慨在祖国危难之时，自己却再不能抗日救国，愤然写下绝笔诗："恨不抗日死，留作今日羞。国破尚如此，我何惜此头！"随即英勇就义，年仅 39 岁。为同胞，为公理，为人民能够过上没有欺压的日子，吉鸿昌奉献了自己短暂的生命，留给我们的却是永远的精神财富，是中华民族的瑰宝。

八女投江　宁死不屈

　　在黑龙江省牡丹江市林口县乌斯浑河岸边，矗立着一座"八女投江"的纪念碑，正面雕刻着"八女英魂，光照千秋"的题词，呈现了当年八女视死如归，英勇战斗的历史画面。1938 年 10 月，以冷云为代表的东北抗日联军八名女战士，在顽强抗击日本侵略军的战斗中弹尽粮绝，毅然投入滚滚的乌斯浑河江水，为国捐躯。她们的名字被历史所铭记：东北抗日联军第 2 路军第 5 军妇女团的指导员冷云，班长胡秀芝、杨贵珍，战士郭桂琴、黄桂清、王惠民、李凤善和被服厂厂长安顺福。

　　1938 年夏天，日本关东军纠集伪蒙、伪满军在松花江下游展开了"三江大讨伐"，东北抗联第 4、5 军为摆脱困境决定向西转移，在此过程中，抗联军遭到日军多次围追堵截，牺牲了很多抗联战士。10 月，东北抗日联军第 5 军第 1 师的一支百余人的队伍在牡丹江地区被乌斯浑河挡住了去路，队伍中有第 5 军妇女团的八名女战士，她们是：冷云、胡秀芝、杨贵珍、郭桂琴、黄桂清、李凤善、王惠民和安顺福。其中，年纪最大的冷云也只有 23 岁，出发前，与她同在第 5 军的丈夫刚刚英勇牺牲，她强忍着巨大悲痛，告别了刚出生两个月的婴儿，随第 5 军第 1 师部队西征，任妇女团的政治指导员。

　　10 月 10 日拂晓时，抗联战士们在乌斯浑河渡口与日伪军千余人遭遇，发现了日军后，战士急忙向外突围。这时冷云比较冷静，命令七名女战士迅速卧倒，因此敌人并没有发现她们，而是向大部队逼近。此时情况十分危急，在此生死关头，冷云果断地组织女战士殿后，分成三个小组从背后袭击敌人，以吸引日军火力，从而掩护大部队突围。敌人遇到袭击一下子慌了神，以为中了埋伏，慌忙抽出一部分兵力向她们还击，抗联主力部队趁敌人慌乱和兵力分散之机，顺利突出重围。

日军在得知她们只有八名女兵时，变的异常猖狂，边打边叫着说："乖乖投降吧！姑娘们，皇军不会亏待妇女！"当大部队发现还有八名女战士没有冲出日军的包围后，多次组织抗联战士回来营救，但都因日军火力强大未能成功。日军加强兵力向冷云等八名女战士据守的河岸阵地扑来，企图活捉她们。在背水作战至弹尽、被敌人困死在河边的情况下，八名女战士面对日伪军的逼降誓死不屈。冷云坚定地对大家说："同志们，我们是共产党员、抗联战士，宁死也不做俘虏！为祖国的解放而战死，是我们最大的光荣！"她们投出了最后一颗手榴弹，趁敌人卧倒的机会，毁掉枪支，挽臂涉入了冰冷的乌斯浑河，集体沉江，壮烈殉国。牺牲时，她们中年龄最小的王惠民才 13 岁。八名女战士为中华民族的解放献出了她们年轻的生命，写下"八女投江"的壮丽篇章。

抗日名将杨靖宇

1940 年 2 月 23 日，在天寒地冻的东北黑土地上，一位抗日英雄只身一人被敌人团团包围，激战了 20 多分钟，英雄的左手中枪，手枪滚落在地，他便用右手持枪应战，最后，敌人的数颗子弹射中了他的胸口，英雄殉国，他就是时任东北抗日联军第一路军总司令——杨靖宇。

杨靖宇是我国著名的抗日民族英雄、东北抗日联军创建人和领导人，杨靖宇的原名叫马尚德，乳名顺清，1905 年出生在河南省确山县古城乡李湾村的一个农民家庭里。从懂事起，他就特别愿意听大人讲故事，最喜欢的就是抗金英雄岳飞的故事，他崇拜岳飞文武双全、智勇无比，崇拜他率岳家军一次次打败金国的入侵，痛恨张邦昌、秦桧等卖国求荣之人，岳飞"精忠报国"的精神深深刻在他的脑海里。18 岁时，杨靖宇考入了河南省开封工业学校，四年后离开学校到确山、信阳等地组织农民运动，同年加入中国共产党。第一次国内革命战争遭到失败后，杨靖宇来到洛阳、开封等白区做党的秘密工作，曾三次被捕，经受了各种拷打，始终保持了共产党人的革命气节。

1929 年，党派杨靖宇同志到东北开展工作，期间由于叛徒告密，先后坐了两次牢。"九一八"事变后，他被营救出狱，派到哈尔滨发动群众组织反日会，支援抗日义勇军，并动员工农青年和学生参加抗日。1934 年 4 月，他联合 17 支抗日武装成立了抗日联合军总指挥部，任总指挥。1936 年春任东北抗日联军第1军军长，同年6月任东北抗日联军第1路军总司令，杨靖宇成为东北抗日联军的主要创建人和领导人之一。作为一个优秀的军事指挥员，杨靖宇善于发现敌情，掌握敌人弱点，从不放松有利战机，灵活运用游击战术，主动出击敌人，他率领义勇军战士，活跃在南满，成为威震东北的一支铁军，有力地配合了全国的抗日战争。卢沟桥事变以后，在东北抗日条件日趋艰苦恶化的情况下，杨靖宇和他的部队经历了更为频繁的战斗，打了好几次漂亮的伏击围歼战。其中最让人称道的便是袭击老岭隧道，这场战役使敌人损失巨大，直接导致日本侵略者掠夺东北矿藏的计划受到严重阻碍。为了对抗杨靖宇的部队，日伪当局急忙调来拥有所谓"皇军剿匪之花"的"索旅"前来讨伐，却没想到被杨靖宇提前设计好的埋伏圈袭击，全歼了索旅一个团。索旅长十分恼火，带领剩下的两个团找杨靖宇决战。杨靖宇审时度势，趁敌不备在长岗、庙岭突袭敌人，全歼了索旅两个团，缴获七挺机枪，一百多支步枪和许多军需品，打了一场漂亮的大胜仗。

1940年2月，杨靖宇将军率领直属部队的少部分同志在联系大部队的途中被叛徒告密，使其陷入日寇的重重包围之中。杨靖宇将军带领部队左冲右突、日夜抗战，始终没有甩开敌人，为了保护有生力量，他决定只留下两名警卫员跟随自己，利用自己吸引敌人的注意，让在突围中受伤的战士转移。几天后，杨靖宇将军身边仅有的两个警卫员也在下山寻粮途中被敌人发现，相继遇害。杨靖宇孤身一人与敌人周旋了五昼夜，鬼子劝杨靖宇将军投降，可杨靖宇高声喊道："共产党员宁死不降！为革命牺牲没有什么可惜！"日本鬼子恼羞成怒，一次又一次地组织火力朝杨靖宇疯狂扫射。2月23日，杨靖宇在吉林蒙江三道崴子壮烈牺牲，年仅35岁。英雄牺牲后，万恶的日本侵略者惨无人道，将杨靖宇的头割下，又解剖了他的尸体，想看看他何以能够在冰天雪地里长时间被围困、且完全断绝粮食的情况下，顽强坚持战斗。结果，他们发现杨靖宇的肠胃里竟然没有一粒粮食，只有树皮、草根和棉絮，残暴的侵略者也为之震惊和折服。抗日战争胜利后，为纪念杨靖宇这位抗日民族英雄，1946 年东北民主联军通化支队改名为杨靖宇支队，吉林省濛江县改名为靖宇县。在东北的长白山区，至今仍流传着当年人民群众怀念杨靖宇的歌谣："十月腊天下，松柏枝叶鲜，英雄杨靖宇，长活在人间。"

狼牙山五壮士

　　抗日战争时期，在河北省易县的狼牙山，五位八路军勇士抗击日寇舍身跳崖，用生命和鲜血谱写了一首气吞山河的壮丽诗篇，他们分别是八路军晋察冀军区第 1 军分区第 1 团第 7 连第 6 班班长、共产党员马宝玉，副班长、共产党员葛振林，战士宋学义、胡德林和胡福才。

　　1941 年，抗日战争进入极端困难的相持阶段，日军调集大批兵力，对晋察冀抗日根据地进行空前规模的"大扫荡"。狼牙山是我军重要的军事基地之一，我军一分区党政军领导机关和主力部队都常驻在这里，这使狼牙山成为守卫晋察冀根据地的东大门，也是敌人进攻我根据地不可逾越的屏障，因此被日寇视为眼中钉。

　　1941 年 8 月，侵华日军华北方面军调集了 7 万余人的兵力，对晋察冀边区所属的北岳、平西根据地进行毁灭性"大扫荡"。9 月 25 日，日伪军约 3500 余人围攻易县城西南的狼牙山地区，企图歼灭该地区的八路军和地方党政机关。晋察冀军区第 1 军分区某部第 7 连奉命掩护党政机关、部队和群众转移。完成任务撤离时，留下第 6 班马宝玉等 5 名战士担负后卫阻击，掩护全连转移。此刻，六班只剩下班长马宝玉，副班长葛振林，战士胡德林、胡福才和宋学义五位同志。为了掩护地方干部、群众和部队安全转移，他们把围攻狼牙山的日军引向了东山口。东山口两面是山，崖高壁陡，山口内有一条小横岭，翻过小横岭，沿着一条曲折的小道能上峰顶棋盘坨。

　　为了掩护部队，马宝玉他们站在小横岭上向日军射击，日军上钩后直扑向东山口，先头部队踩响了六班事先埋在东山口外的地雷，炸死、炸伤 10

余人，后面上来的敌人继续向东山口猛扑。为了给领导机关和人民群众转移争取更充裕的时间，并迷惑敌人，不让其摸清我军和群众转移的走向，马宝玉等五位同志主动放弃了退向老君堂追赶部队的计划，而是选择边打边退，将日伪军引向狼牙山棋盘陀峰顶绝路。每个人都明白他们的选择意味着什么，但五个人都没有丝毫退却，而是用坚毅的目光互相鼓励。

　　时过中午，敌人发起了更猛烈的攻击，马宝玉等五位同志边打边往高处撤，太阳偏西的时候，已撤到了棋盘坨顶峰的万年灯。敌人的攻势没有丝毫减弱，仍然一个劲地往上冲。就在这时，他们发现子弹打完了，手榴弹也没有了。五勇士站起来，举起石头往下砸，石头滚下去，砸得敌人嗷嗷乱叫，可不一会儿敌人就又猛扑上来。马宝玉喊了一声"撤！"扭头跑向万年灯。可万年灯是三面悬崖，从前崖到后崖才五六十步，往哪里撤？马宝玉一步步向崖边走去，其他同志也跟了过去，这时，马宝玉转过身来伸手抓住了葛振林的肩膀，一字一句地说："老葛，我们牺牲了，有价值，无论如何不能当俘虏！"说完他看了看其他三位战士，扭身跑向万年灯边沿那块大山崖，高喊着"打倒日本帝国主义！中国共产党万岁！"的口号纵身跳下悬崖。紧接着，葛振林、胡德林、胡福才和宋学义也义无反顾地向崖边跑去，纵身跳下数十丈深的悬崖。最终，马宝玉、胡德林和胡福才壮烈殉国；葛振林和宋学义被山腰的树枝挂住，身负重伤，被老乡们救起，幸免于难。"风萧萧兮易水寒，壮士一去兮不复还。"狼牙山五位勇士以坚贞不屈的民族气节，谱写了革命战争史上的一曲英勇悲壮之歌，被人民群众赞誉为"狼牙山五壮士"而世代传颂。

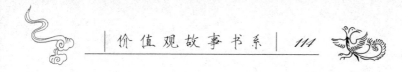

歌唱二小放牛郎

"牛儿还在山坡吃草，放牛的却不知道哪儿去了。不是他贪玩耍丢了牛，那放牛的孩子王二小……"这首旋律悠扬的叙事民歌名叫《歌唱二小放牛郎》，讲述的是一个抗日小英雄的真实故事。

在抗日战争时期，河北省涞源县的上庄村是当时八路军抗日的根据地，经常受到日本鬼子的"扫荡"。在村里，有个放牛娃名叫王二小，原名王朴，他1929年生于村里一个贫苦农民的家中，排行老二，他还有一个哥哥名叫石头，父亲王贵是个老实巴交的庄稼人，全家四口挤住在本村的一个破庙中。1939年夏天暴雨成灾，庄稼颗粒未收。第二年春天，正值抗日战争的第三个年头，天灾人祸，王二小的父母和哥哥因病饿先后去世了，他就靠给地主放牛谋生。

当时晋察冀军区一分区独立师老一团的骑兵连就驻扎在这一带，二小喜欢马，常到骑兵连去玩，和八路军战士混得很熟。他是个聪明的孩子，很内向，不爱说话，一年四季总是穿一件很破的小褂，骑兵连的吴连长非常喜欢这个孤儿，常常给他讲打仗的故事，到了开饭的时间就留份饭给他吃。后来，二小就加入了儿童团，成为了一名小团员，他常常一边在山坡上放牛，一边给八路军放哨。

1942年10月25日早晨，13岁的王二小正在山坡上放牛，忽然看见一队鬼子进山来扫荡，鬼子兵有好几十人，正向村里走来。王二小知道，那边的山沟里隐蔽着八路军的后方机关，还有不少乡亲们，万一鬼子摸进那条山沟，不仅八路军的后方机关受损失，乡亲们也将在劫难逃，可是这时候跑回去报告已经来不及了。这时二小忽然想起来，为了粉碎鬼子这次进攻，涞源抗日政府已将20多名伤员和粮食转移了，为了保护后方机关和群众，骑兵连就埋伏在不远处的石岭子上。二小冷静地想了想，他要把鬼子引进埋伏圈，让八路军打他们个措手不及！打定主意之后，二小故意暴露了自己的目标，正在山谷里瞎撞的鬼子兵一见到二小，连忙把他从山坡上抓来问路。二小机智地和鬼子周旋，骗取了他们的信任在前边带路。王二小带着鬼子从西北沟钻了进去，引向八路军埋伏的石岭子。而这是一条死路，翻过巨石就到了路的尽头。鬼子一看傻了眼，就在此时，四面八方响起了枪声，敌人知道上了当，就气急败坏地用刺刀挑死了王二小，把他重重地摔在那块巨石上。与此同时，八路军从山坡上冲下来，很快就全歼了这股敌人。战士们跑到巨石前抢救二小，可是年仅13岁的王二小已经因伤势过重而英勇牺牲了，永远长眠在了深山老峪里。

　　为了纪念他，人们创作了《歌唱二小放牛郎》，这首歌和少年英雄王二小的故事一起流传了下来，影响了一代又一代的青少年。

叶挺作诗明志

囚　歌

为人进出的门紧锁着，

为狗爬出的洞敞开着，

一个声音高叫着：

——爬出来吧，给你自由！

我渴望自由，

但我深深地知道——

人的身躯怎能从狗洞子里爬出！

我希望有一天，

地下的烈火，

将我连这活棺材一齐烧掉，

我应该在烈火与热血中得到永生！

这首正气凛然的《囚歌》创作于1942年，是我党杰出的军事家叶挺将军被囚禁在重庆渣滓洞时所作的一篇白话述志诗，全诗感情炽烈，气势豪迈，展示了作者坚强的革命意志和奋斗到底的革命精神。

叶挺原名叶为询，字希夷，号西平，1896年生于广东惠阳的一个农民家庭。1912 年，叶挺考入广东陆军小学，其后逐步升入当时全国最高的军事学府——保定军校，毕业后回广东参加了粤军。1924 年，孙中山为了培养军事人才，亲自决定让叶挺去苏联学习。1925 年秋，周恩来等同志建立了由共产党领导的独立团，派刚回国的叶挺担任团长。他不仅精通陆军业务，而且作战时还身先士卒。在 1926 年北伐开始后，叶挺率独立团击溃军阀吴佩孚的部队，连战连捷，他也因此获得了"北伐名将"称号，他所率领的部队也被称之为"铁军"。

1941 年 1 月 6 日，国民党反动派制造了震惊中外的皖南事件，当时受到上级指示向北撤离的新四军一行 9000 多人在行至皖南泾县茂林时，突然遭到了国民党 8 万余人的突袭。在经过 7 个昼夜的英勇奋战之后，新四军除 2000 多人突出重围外，其他的人都牺牲了。就在这个危急时刻，作为军长的叶挺从大局考虑，决定下山与国民党进行谈判，谁知却遭到了非法逮捕，开始了长达五年多的牢狱生活。

被捕后的叶挺被关在江西上饶的监狱里，不过他没有立刻被审讯，原来蒋介石非常欣赏叶挺的军事才能，想利用这次关押的机会把叶挺收为己用。那段时间，在国民党的指派下，形形色色的人开始光顾叶挺关押的牢房，他们通过各种方式来游说叶挺，希望他能归顺国民党。为此，国名党第三战区的司令长还亲自设宴"款待"叶挺，提出了丰厚的条件："只要你声明皖南事件的起因是因为中共方面不遵守纪律，不仅可以重获自由，还可以任职副司令，怎么样？"面对重获自由和高官厚禄的诱惑，叶挺根本不为所动，还拍案而起厉声斥责道："面对国家生死存亡的时刻，你们不顾国共合作一致抗日的诺言，发动皖南事变，现在还要我陷害新四军，你们怎么能做出如此伤天害理的事，让我陷害新四军，做梦！"见叶挺态度坚决，这位国名党的司令长终于沉不住气了，他板着脸对叶挺说："叶挺，你不要顽固不化，要考虑后果。"只见叶挺轻蔑的笑了笑说道："士可杀不可辱，让我诬陷共产党不可能，要杀要剐随你们。"至此，前来劝降的国民党司令官一伙人彻底死心了，气急败坏地撤掉了宴席，将叶挺重新关回了监狱。

1942 年 7 月，遵照蒋介石的命令，叶挺又被关押到桂林七星岩的一个山洞中，这里条件恶劣，戒备森严，几乎与世隔绝，生存条件极其差，大约五个月后，蒋介石觉得叶挺这回苦头吃的差不多了，于是下令把他带到重庆一座阔绰的洋房里，每天美酒佳肴伺候着，希望吃过苦的叶挺看到现在优越的环境能够回心转意，投靠国民党，蒋介石甚至亲自找叶挺谈话，以高官厚禄为诱饵对其进行劝诱，可叶挺就像铁了心一样，每次都断然拒绝。

　　叶挺的态度最终惹怒了蒋介石，他下令将叶挺搬进白公馆看守所，不久又将其转移到红炉厂半山坡的一所平房里。其间，叶挺受尽各种非人的酷刑，但他仍然坚贞不屈，而且以诗明志，在监狱的墙壁上题写了被后人广泛传诵的《囚歌》。

张思德为人民服务

　　1944 年 9 月 8 日，毛主席在延安枣庄的西山脚下发表了名为《为人民服务》的著名演讲，而这个演讲正是为了纪念一位平凡的共产党员——张思德。

　　出生在四川省仪陇县的张思德，自幼家境清贫，一家几辈受尽了地主的压榨和剥削。1933 年 8 月，当红四方面军解放仪陇县时，小思德第一个报名参加了少先队，成为乡里首任少先队队长，他积极帮助红军筹粮筹款，还受到了部队的嘉奖。后来，张思德积极投身革命，成为了一名共产党员。他参加过长征，立过战功，最后来到党中央所在地延安，成为了毛主席身边的一名警卫战士。从那天起，他就暗下决心，要好好工作，一心一意跟党走。

　　那是 1944 年的夏天，上级决定选派一些同志去延安北边的安塞烧木炭，以解决枣园机关冬季的取暖问题，张思德知道后立刻就报了名，因为他有烧木炭的经验，领导就指派他作为技术指导员带领四名同志去往安塞。安塞地处偏僻，但却有烧炭的好原料，张思德自从带领四名同志来到这里，就投入到紧张的劳动当中，为了加快烧炭的进度，他把同志们分为两组，一组伐木，一组挖窑，他经常对同志说："我们进山来烧炭，机关的人就少了，家里的同志就更忙了，我们要加紧干，争取早日完成任务，好早点回去工作。"他的话鼓励着在场的每个人，大家都鼓足了干劲，加班加点的干活。

　　张思德先是带领两个战士起早贪黑挖窑，很快两眼炭窑就挖好了，另一组负责伐木的同志把木头背到窑前，张思德就开始装窑，其他同志继续挖窑、伐木，他把先挖好的两个窑点上火，等木炭烧好压火后，他再继续到新挖好的窑烧木炭，就这样一个人装窑、点火、烧炭，常常从早到晚不停歇。为了缩短烧炭周期，多抢出些时间，张思德和大家常会在压火后马上把木炭拿出来，这时候的木炭因为没有冷却常常温度很高，大家却顾不上烤的人发痛的感觉，日夜苦战。在大家的努力下，他们一个多月就烧了5万多斤木炭，超额完成了任务。

张思德和同志们把这些木炭运到村子里，并向领导汇报了情况，领导随即指示张思德暂时留下来看木炭，其他战士回枣园执勤。于是，张思德就在村里住了下来，后来，他想到烧炭的地方还有一些木头，就想着在回去之前再多烧点炭，他嘱咐别人帮忙看着木炭，自己又一头扎进了深山里，每天早出晚归烧木炭、背木炭。

9月5日，天还没亮，张思德照例又进了山。可是这次，他再也没有从山里出来，当村长进山去寻找时，发现了已经被埋在了坍塌炭窑里的张思德，窑前还整齐地摆放着烧好的木炭。村长当把这个消息汇报给延安的时候，毛主席沉痛地说："思德是个好同志，他是为人民利益牺牲的，一定要挖出他的遗体，举办追悼会。"

张思德同志的追悼会是在枣园西山脚下举行的，在追悼会上毛主席作了《为人民服务》的著名讲演，他说道："张思德同志是为人民利益而死的，他的死是比泰山还要重的。"革命的成功，需要有人在枪林弹雨中冲锋陷阵，也需要有人在平凡的岗位上默默奉献。张思德就是这样一个无私的奉献者，他去世时年仅29岁，他对于革命工作的热忱和为人民服务的精神在一件件微乎其微的平凡工作中得以彰显。

梅兰芳蓄须明志

京剧是我国的国粹，而在西方人眼中，京剧的代名词就是梅兰芳。梅兰芳先生不仅是享誉世界的"梅派"京剧表演艺术家，更是我国著名的爱国志士，在抗战期间他蓄须明志，坚决不为日本人唱戏的崇高气节被大家广为传颂。

梅兰芳名澜，又名鹤鸣，字畹华，艺名兰芳。1894 年生于梨园世家，长期居住在北京，8 岁开始学习京剧，10 岁时就已经登台演出了。经过长期的舞台实践，梅兰芳的演出技艺愈发娴熟，他主演旦角，也就是京剧中的女性角色，唱腔温婉、动作华美，看他演出的人常常被他的表演所震撼和折服。为了弘扬京剧艺术，梅兰芳曾先后出演日本、美国等国家，基本上场场爆满，有时还得加场表演。

1931 年，日本人侵略东北，东三省完全沦陷，"九·一八"事变爆发，梅兰芳对此义愤填膺，他连夜排演了《抗金兵》《生死恨》等剧，以戏示今，用来鼓舞士气，宣扬爱国主义。戏一上演，就叫好叫座，得到人民群众的热烈欢迎。1937 年 8 月 13 日，淞沪战事爆发，日寇占领了上海。当得知享誉世界的京剧名旦梅兰芳住在上海时，他们就打起了梅兰芳的主意，派人请梅兰芳做电台讲话并表演节目，想借此收买人心。梅兰芳很快察觉到日寇的阴谋，他一面用外出演戏的托词托住日军，一面携家率团连夜乘船离开上海奔赴香港。

为了掩人耳目，梅兰芳到港后，深居简出，极少露面。离开了心爱的舞台，为了消磨时光，他开始画画、打太极拳、学英语、看报纸，那是一段艰苦的时光，但是梅兰芳却能苦中作乐。然而，好景不长，很快日军就侵占了香港，梅兰芳实在担心日本人又来找他演戏，与妻子商量再三后，索性采取了一个大胆的举措，罢歌罢舞、蓄起了胡子。果然没多久，知道梅兰芳在香港的日本人又来邀请他演出，而且还要他表演日本统治香港后繁荣景象的戏曲，梅兰芳以自己蓄起了胡子，不适合演女性角色为由，拒绝为日本人演出，可是日本人这次坚决要求梅兰芳演出，幸亏此时梅兰芳患了严重的牙病，半边脸都肿了，日本人获悉后无可奈何，只好作罢。经过这次事件，梅兰芳感觉到香港也已经不安全了，又立即坐船返沪，回到阔别三年多的上海老家。让梅兰芳没想到的是，回到上海，特务头子吴世宝又提出要请梅兰芳给汪精卫政府做慰问演出。幸好梅夫人从中斡旋，并想到使用牙痛的方法才驱走了特务。

长期蓄胡罢演的梅兰芳由于没有了赚钱来源，家庭生活渐渐举步维艰，最后不得已以卖画度日，这件事传出去后，上海各界人士都为梅兰芳的义举所感动，提出要为梅兰芳办画展。然而，定于重阳节的国画展却遭到了日伪汉奸的破坏，他们把梅兰芳的画用大头针别上纸条，分别写着"汪主席订购"、"冈村宁次长官订购"……还有一些写着"送东京展览"。梅兰芳夫妇目睹此景，气得火冒三丈，拿起桌上的裁纸刀，刺向一幅幅图画……顷刻间，梅兰芳苦心勾勒的国画便化为了碎纸。

梅兰芳义愤填膺的毁画举动，很快传遍全国，他大气凛然的民族气节也为世人所敬仰，大家纷纷支持他的爱国行动。梅兰芳看到全国人民对他如此赞赏和支援，感动得热泪盈眶。

画展被破坏后，梅兰芳的生活更加拮据，他卖了北京的房子和自己的一些藏品，也开始向亲友借钱，老画家叶誉虎得知他的情况，就提议与他合作，再办一个国画展览，突出梅、竹的主题，以扩大社会的影响。梅兰芳在沦陷的上海，克服重重困难，经过八个月的苦战，画出了170多件作品，涉及包括仕女、佛像、花卉、松树、梅花等在内的多领域题材。最终，于1945年春天，同叶誉虎的作品一起在上海成都路中国银行的一所洋房里展出，受到广大参观者的好评。这次展览的作品最后大部分被卖掉了，梅兰芳用它还了债，安排了生计，还资助了剧团的其他人。

　　1945 年抗战胜利了，日本侵略者宣布无条件投降，梅兰芳剃掉了蓄了八年的胡须，换上了整洁的西装，脸上露出了灿烂的笑容，他重新登上阔别已久的舞台，排演了大量精彩绝伦的佳作流芳后世。他用高超的艺术成就和不屈不挠的刚骨气节，向世界展现了一名中国艺术家的高尚情操和色彩斑斓的戏曲人生。

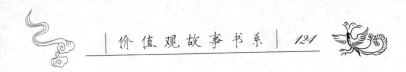

齐白石的风骨

    齐白石是我国著名的书画家和篆刻家,他出生于湖南湘潭的一个贫苦农家,几间破屋、一亩水田便是全部的家产。自幼生活在社会底层的齐白石看过太多乡绅官僚欺压百姓的行径,因此,他对权势富贵总是报以一双冷眼。齐白石的画笔墨雄浑,色彩鲜明,自成流派;他的篆刻取之于周、秦、两汉精华,功力深厚。抗日战争时期,他正是利用这样精深的造诣,以刀笔作画,斥讽日伪政权,抒发着一腔爱国情感。

    抗日战争时期,定居北平的齐白石已经成了名扬海内外的国画大师。为了得到他的作品,日伪汉奸总是想尽各种办法,时常上门骚扰,齐白石对此非常反感,于是,他就在自家门上贴出一张"画不卖予官家"的告示:"中外官长,要买白石老人之画,不必亲驾到门。从来官不入民家,官入民家,主人不利。谨以告知,恕不接见。"可是这告示并不奏效,仍有不少鹰犬上门纠缠。齐白石就再次贴出"停止见客"的告示。谁知还是无济于事,无奈,齐白石干脆写了"白石已死"四字贴了出去。

    有一次,北平伪警司令、大特务头子宣铁吾过生日,打算在过生日时炫耀自己,需要齐白石的画为生日装点门面。生日那天,宣铁吾就特意派人给齐白石送去一张请帖。齐白石看也不看,当即命来人带回,说道:"他当他的大官,我做我的百姓,这请帖我不敢收!"宣铁吾见软的不行,就决定用强制手段让齐白石为他专门作画。于是,他派了自己的一个副官带了一个班的士兵前去"请"齐白石。那副官气势汹汹地对齐白石说:"我奉宣司令的命令,负责把你请到!"这几乎就是赤裸裸的绑架。齐白石已年过八旬,明白硬抗是不成的，只得上车前去，同时思虑对付的办法。

　　车子来到宣府，宣铁吾早已派人铺开宣纸，一切都准备好了，见齐白石一到便喊了一声："拿笔!"马上就有人把画笔送到齐白石的手里。宣铁吾一副恭敬的模样说道："我这次生日能得到齐老的赠画，生日增彩不少。"齐白石连看也不看他，手执画笔便开始作画。转眼之间，齐白石就停下了笔，众人的目光都盯在那画上，只见一只水墨螃蟹栩栩如生，跃然纸上，寥寥几笔却形神兼备，引起众人惊呼，大家都赞不绝口。听着大家的议论，宣铁吾也喜形于色，只见齐白石的脸上又浮现出嘲讽的神色，他慢慢的提起画笔，大家都在猜测还要画什么，看起来是要题字，齐白石的画再配上题词，那就珠联璧合，价值更难以估算了。那么齐白石要题什么字呢? 众人纷纷议论着、猜测着，宣铁吾也乐得坐不住了，自己到底是有头面、有身份的人啊。谁知齐白石笔锋一转，在画上题了一行字："看你横行到几时"，宣铁吾觉得苗头不对，刚想说话，齐白石随笔又写下"铁吾将军"四个字。栩栩如生的螃蟹配上这九个字后，立刻有了新的含义。宣铁吾看了画和字，目瞪口呆。他压根儿也没料到，齐白石会来这一手。不过，这人是自己"请来"的，碍于齐白石的声名，当着众人的面，又逢自己生日，想发火都不行。更重要的是，当众发火就等于承认自己是横行不了几时的螃蟹；不发火，明摆着这是齐白石借画暗喻，斥骂嘲讽。这下，宣铁吾可真是在众人面前丢尽了脸面。就在这时，齐白石从容不迫地将画笔放下，对宣铁吾说："你请我的事干完了，我该走了。"说罢，用手拂了一下银须，扬长而去。齐白石面对强权与敌寇，毫不退缩，以其铮铮铁骨，用画笔画出了自己的心声，画出了满腔爱国的热情。

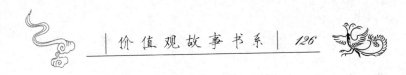

朱自清拒领美国面粉

"日本人侵略我国，占去很多地方。国家已到危急存亡关头。青少年应有爱国家、爱民族、爱自由的伟大志气。不要辜负大好时光，刻苦学习，将来担负起挽救国家民族的伟大使命，打败敌人，收复失地，誓雪国耻……"这是朱自清在1941年12月1日为四川叙永县立初中的师生们所作的抗日演讲，凝聚了这位文学家伟大的爱国精神。

朱自清原名自华，号秋实，是我国现代著名的文学家、学者和民主战士。他出生于江苏东海县，自幼读书刻苦，1917年，朱自清以优异的成绩考入北京大学。由于家庭贫困，他在校的生活十分艰苦，为了勉励自己在困难中不丧失志气，不心灰意懒，他给自己改名为"自清"，寓意自己要保持高尚的气节。

大学毕业以后，朱自清到清华大学担任了中国文学系的教授，而此时正是我国轰轰烈烈的大革命年代。1948年初，人民解放战争进入最后阶段，美国政府一方面支持蒋介石发动内战，一方面又利用签订条约的办法在中国获取了许多特权，还加紧扶植战败国日本，对中国重新造成威胁。当时社会上物价飞涨，物品奇缺，很多人在饥饿和死亡线上挣扎。人民对美国和国民党政府十分不满，反抗的呼声越来越高。美国为了支持蒋介石，就运来一些面粉，说要"救济"中国人，好让中国人"感谢"美国，不反对它。

1948年6月，北平、天津、唐山、南京、广州等地广大师生掀起了反对美国扶植日本军国主义的运动，朱自清和北平各大学教授百余人联名发表宣言，抗议美国扶植日本，表示坚决拒绝美国的"援助"，不领美国的面粉。当时，朱自清正患严重的胃病，又无钱医治，身体非常瘦弱，体重还不到 40 公斤，经常呕吐，甚至整夜不能入睡。加上家里人口众多，拒领救济面粉意味着生活会更加困难。可是为了维护中国的尊严，朱自清丝毫没有犹豫，一丝不苟地在写着"为表示中国人民的尊严和气节，我们断然拒绝美国具有收买灵魂性质的一切施舍物资，无论是购买的或给予的"的宣言上签了自己的名字，坚决拒绝那些别有用心的"赏赐"。他在日记中写道："坚信我的签名之举是正确的，因为反对美国武装日本的政策，要采取直接的行动，就不应逃避自己的责任。"两个月后，朱自清因贫病交加，入院治疗无效不幸去世，年仅 50 岁。临终前，朱自清以微弱的声音谆谆叮嘱家人："有件事要记住，我是在拒绝美国面粉的文件上签过名的，我们家以后不买国民党给的美国面粉！"朱自清宁肯挨饿而死，也不肯领带侮辱性的"救济粮"，表现了一个正直爱国知识分子的高尚气节和可贵情操。

刘胡兰视死如归

"生的伟大，死的光荣"是毛主席为一名女共产党员题的词，这位女共产党员就是家喻户晓的革命英雄刘胡兰，几十年来她的英雄事迹在中华大地上被不断传颂着，让我们不忘却有这样一位年轻的共产党员为了新中国的成立献出自己宝贵的生命。

刘胡兰，本名叫做刘富兰，1932年10月8日出生在山西省文水县的一个中农家庭。母亲在刘胡兰很小的时候就过世了，在继母胡文秀的带领下，年仅10岁的刘胡兰就已经参加了儿童团，通过学习，她又当上了区里的妇女干事，并被吸收为中共预备党员，派回云周西村领导当地的土改运动。

刘胡兰虽然还没有正式入党，但是她已经以正式党员的身份严格要求自己了。别看她小，但干起革命工作来可一点都不含糊，总是冲在最前线。当时文水县已经开始遭到国民党军队的大举进攻，上级要求大批干部转移，只留下少数武装特工进行秘密斗争，本来刘胡兰也在转移名单之内，但她以自己年纪小，不易被发现，有作战优势为由坚决要求留下来。就这样，年仅14岁的刘胡兰，开始成为一名活动在敌区的秘密工作者，经常来回奔走，为武装特工送情报，发动群众，配合武装特工队打击敌人。

当时云周西村的村长石佩怀是个反动派，经常为阎锡山反动军队发粮发钱、递送情报，残害斗争的革命同志，当地老百姓和革命工作者都对他恨之入骨。1946年12月的一天，刘胡兰配合武工队员处死了阎锡山的耳目，这可惹恼了阎锡山，他决定大规模排查云周西村，抓出革命党人。1947年1月12日，阎军突袭了云周西村，刘胡兰因叛徒的告密而被捕。

审讯刘胡兰的是阎军军官张全宝，他根据叛徒的告密，已经知道刘胡兰是被捕中年纪最小的预备共产党员、区干部，了解很多党的机密，因此妄想从刘胡兰口中得到这些信息，他凶狠地向刘胡兰一连串地发问："你是谁？""你给八路军干过什么事？""你们村长是谁杀的？""你们区上的八路军都到哪里去了？"只见刘胡兰有几条不紊地响亮回答："我是刘胡兰！只要我能办到的，什么都给八路军干过，其他的我一概不知！"张宝全被刘胡兰的回答激怒了，大骂道："你什么都不知道？你这个顽固的土匪！"刘胡兰镇静地回答："不知道，就是不知道！"这时，审讯的人群中突然有人告密，刘胡兰知道自己被叛徒出卖，她把头一扬，自豪地说；"我就是共产党员，你要怎么样？"张宝全接着问："你为啥要参加共产党？"刘胡兰轻蔑地瞅着张宝全说："因为共产党是穷人的靠山，是老百姓的家人。只要我活着，就要为共产党、为人民干到底。"看着眼前这个坚定的小女孩，张全宝决定换个方法，硬的不行来软的，他奸笑着哄骗说："我知道你年纪小是受到共产党的蛊惑，我不会怪你的，你只要当着大家的面说你不再为共产党干事，我就把你放了，还给你一份好土地……"刘胡兰仇视地瞅着张宝全，一字一句地说："那不可能！"张全宝被激怒了，他朝着刘胡兰大喊："你这么嘴硬，难道小小年纪就不怕死？"刘胡兰朝着张宝全走近一步，斩钉截铁地说："怕死就不当共产党员！"张宝全见威逼利诱刘胡兰不行，就决定用血腥的屠杀震慑刘胡兰，逼迫她投降。当着刘胡兰的面，张宝全用铡刀把石三槐、石六儿、张年成、石世辉、陈树荣、刘树山6位同志杀害了，他得意洋洋地指着6位烈士的遗体向刘胡兰嚎叫："你看见这些人的下场了吧，你到底投不投降？"刘胡兰看到同志的牺牲，更加痛恨敌人，她痛斥敌人："我绝不会告诉你什么，要杀就杀，要砍就砍，共产党员永远杀不绝，你们的末日迟早会到来。"说完，她眼睛望向遥望的吕梁山，沉思了一会，大声质问到："我咋个死法？"张全宝彻底被激怒和震惊了，大声嚎叫："用铡刀铡死她！"群众听到张宝全的喊话，立马向刑场涌上来，希望保护刘胡兰，敌人害怕群众暴乱，就决定用机关枪扫射村民，在这千钧一发之际，刘胡兰大义凛然，挺身挡住了枪口，大声喝到："住手！要死，我一个人死，不许伤害群众。"说着，昂首挺胸迈着矫健的步伐，高呼着："中国共产党万岁！毛主席万岁！"从容地向着烈士染红的铡刀走去,自己坦然躺在刀座上从容就义了。在刘胡兰牺牲半年之后,上级破格追认当时未满18周岁的刘胡兰为正式党员。

刘胡兰是已知的中国共产党女烈士中年龄最小的一个,她在铡刀面前坚贞不屈,视死如归的精神至今都感动着许多人。

董存瑞舍身炸碉堡

在河北省隆化县北郊，矗立着一座雄伟的纪念碑，碑上刻有朱德总司令的题词："舍身为国，永垂不朽!"，这座纪念碑要纪念的就是全国著名战斗英雄董存瑞。

1929年，董存瑞出生在河北怀仁县的一个贫苦农民家中，从小当过儿童团团长、见习民兵，在10岁那年参军成为一名八路军战士，八年后又光荣的成为一名共产党员。1948年5月25日，我军攻打隆化城的战斗打响了，董存瑞所在的连队也参加了这次总攻。25日的凌晨，天还没亮，战士们蹲守在阵地上静静等待总攻的信号，当三颗红色信号弹窜向天空时，战士们的热血涌了上来，总攻正式开始。

董存瑞所在的6连负责拔除敌人的核心阵地——隆化中学，为此，6连被分为火力组、突击组、爆破组以及支援组，从隆化城东北方向向着隆化中学外围移动，在几个组的精心配合下，战士们很快就冲破了敌人严密的封锁，连续爆破了敌人的4个炮楼、5个碉堡，顺利完成了扫清隆化中学外围工事的任务。正当董存瑞所在的连队要向隆化中学发起冲锋时，却不知从哪里飞来了如暴雨般的子弹，把整个连队压在了一条土坡下面。仔细一看才发现，原来狡猾的敌人在隆化中学东北角横跨旱河的桥上修了一个伪装巧妙的暗堡，炮火就是从那里发出的，阻挡了前进的道路。看来要想完成任务，就要炸掉这个暗堡，大家伙都纷纷向连长请战，要去炸暗堡。谁知，陆续被派去炸暗堡的同志都在路上牺牲了，伤亡惨重。此时，上级又传达了最新命令，要董存瑞所在的六连从东北角插进隆化中学配合已经突击进入

英勇不屈的江姐

在革命斗争年代牺牲的先烈当中，有这样一位女性，不管老人还是孩子都尊称她为"江姐"，歌颂她高尚品质的文艺作品不胜枚举，这位女烈士的名字，就是江竹筠。

江姐本名叫做江竹筠，出生在一个贫苦的农民家庭，小时候做过童工，艰苦的打工生涯和艰辛的生活不仅磨砺了江姐的意志，而且使她对旧社会的制度充满憎恨。19 岁时，江姐秘密加入了共产党，成为了一名光荣的共产党员，开始秘密从事党的工作。为了方便工作，按照上级要求，江姐与共产党员彭咏梧假扮做夫妻，成立了一个作为地下党学习辅导中心的特殊"家庭"，在共同工作了两年之后，江姐与彭咏梧建立了真挚的革命感情，两人于 1945 年正式结婚。婚后一年，俩人有了一个可爱的儿子，为了不影响革命工作，夫妇俩把孩子寄养在别人家中，更加全心全意扑在革命事业上，一方面她组织领导了许多学生运动，另一方面在丈夫彭咏梧的直接领导下，江姐开始负责重庆市委地下刊物《挺近报》的校对、整理、传送和发行工作，仅几个月，报纸就达到 1600 多份发行量，引起了敌人的极大恐慌。

1947 年，受到上级指示，江姐和丈夫彭咏梧奔赴川东前线领导武装斗争。一年后，丈夫彭咏梧在组织暴动中被敌人抓捕，壮烈牺牲，残暴的敌人还割下彭咏梧的头颅挂在城门上示众，以起到震慑作用。当时的江姐正好看到了那一幕，心如刀绞，为了革命事业能够继续进行，为了不再暴露目标，她强忍悲痛，默默走开了。江姐很快找到党，汇报了川东情况并表达了强烈的愿望，她要在丈夫倒下的地方继续战斗，党组织同意了她的请求，但要她事事小心，保存革命力量。

可是，就在几个月后，因为一个叛徒的出卖，江姐不幸被捕，并被立刻押解到重庆渣滓洞集中营。这个集中营是敌人关押共产党员的监狱，在这所监狱里，敌人用常人难以想象的残酷手段折磨每个共产党员，妄图从他们嘴里了解我党更多的作战信息，抓捕更多的地下党员。敌人从叛徒口中得知，江姐曾是重庆地下党的核心人物，因此对她的刑讯逼供就更加残忍。整整一个月，敌人对江姐进行严刑逼供，坐老虎凳、吊钢索、用带刺的钢鞭抽打、电击，甚至是用竹签钉手指，每天江姐都会被折磨的不成人形，但她始终不肯吐露一点党的信息。她对敌人说的话只有一句："上级的姓名住址，我知道；下级的姓名住址，我也知道。但是，这些都是我们党的秘密，不能告诉你们。"敌人本来想从这个年轻的女共产党员身上打开缺口，却没想到江姐如此坚贞不屈。被关押的战友心疼江姐忍受如此多的酷刑，可是江姐却不以为然："毒刑拷打，那是太小的考验。竹签子是竹子做的，共产党员的意志是钢铁铸成的！"就是江姐的这句话，给了大家更多的力量，大家以江姐为榜样激励自己，绝不屈服于敌人的淫威。

1949年11月14日，在重庆即将解放的前夕，国民党军统特务在渣滓洞展开了惨绝人寰的大屠杀行动，江姐和许多共产党员都被杀害，她牺牲时年仅29岁。江姐用短暂的生命诠释了对党和人民的忠诚，用人间大义谱写了一曲革命赞歌。

周恩来的家规

古人云："欲治其国者先齐其家，欲齐其家者先修其身。"古往今来，官风与家风，治国与治家，总是紧密相连的。周恩来总理两袖清风，鞠躬尽瘁，死而后已，他在悉心治国的同时严格治家。

新中国成立以后，周总理给自己家制定了十条"家规"：第一、晚辈不准丢下工作专程来看望我，只能出差顺路来看看；第二、来者一律住国务院招待所；第三、一律到食堂排队买饭菜，有工作的自己买饭菜票，没工作的我代付伙食费；第四、看戏以家属身份买票入场，不得用招待券；第五、不许请客送礼；第六、不许动用公家的汽车；第七、凡个人生活上能做的事，不要别人来办；第八、生活艰苦朴素；第九、在任何场合，都不要说出与我的关系，不要炫耀自己；第十、不谋私利，不搞特殊化。

看似琐碎的家规，却体现了周恩来从一国总理的角度出发，对家人也是对自己的严格要求。亲属们大老远来了，却"一律住招待所"、"一律到食堂排队买饭菜"，有工作的还要"自己买饭菜票"。这让很多亲属都觉得不近人情、不满意，可周总理分的就是这么清，自家的客人，自家招待，亲属来京住宿、吃饭、看病费用一概由周家支出，公私分明。

邓颖超是周恩来相濡以沫的伴侣，又是共同奋斗的战友。她从青年时就投身革命，是伟大的无产阶级革命家和中国妇女运动的先驱，完全可以胜任党和国家的重要领导职务，但是周恩来却说："只要我当一天总理，邓颖超就不能到政府里任职。"1974年筹组四届人大领导班子时，毛泽东曾批准提名邓颖超任全国人大常委会副委员长，但这事最后还是被周恩来压了下来。直到周总理去世后，邓颖超才得知此事。几十年来，她一直理解和支持自己丈夫的决定，甘于默默地奉献，从没有对个人工作安排提出过要求。

周恩来总理的弟弟周恩寿上世纪 20 年代参加过大革命，解放后因病被安排到内务部任参事。周恩来对此坚决反对，他执意要为弟弟办理病退手续。周总理没有亲生子女，对侄子、侄女同样严格要求，他们从内蒙古插队的地方参了军，也被劝说脱下军装，重回艰苦的第一线。周总理经常告诫他们："不要因为我是总理，就自认为有什么特殊，造成不好的影响。你们要自觉改造自己，不能学八旗子弟。"

周总理身居高位，从来不谋私利。为了防止不正之风，周恩来不许别人因私请客送礼，自己更不接受这样的请客送礼。如果是给国际友人赠送礼品，凡以他个人名义赠予的，费用都是自己出。周总理的收入只有单一的工资及其利息，别无进账。而支出项目也主要集中在伙食费、党费、房租费、订阅报纸费、日用开支以及补助亲属和工作人员、捐赠等。据统计，周总理的工资是 400.08 元，邓颖超的工资是 347.50 元。从 1958 年到 1976 年，一共是 161442 元。用于补助亲属的 36645.51 元，补助工作人员和好友的共 10218.67 元，这两项支出占两人总收入的四分之一。直到 1976 年 1 月份去世后，两个人总共才积蓄了 5100 元，这些数字像一把尺子，衡量出了一个共产党人的胸怀和节操，也成为周恩来总理高尚人格的写照。

黄继光舍身堵枪眼

　　上甘岭战役是抗美援朝战场上一场空前惨烈的战役，也是世界战争史上火力密度最高的一场战役。这场战役历时 43 天，最终以中国人民志愿军取得胜利告终，对朝鲜战争的进程产生了重要的影响。在这场战役中，为了取得胜利，我们的人民志愿军中涌现了许多英雄，他们舍弃自己的生命坚持战斗，黄继光就是其中的一位。

　　1952 年 10 月 14 日，在与朝鲜谈判陷入僵局之后，美国单方面终止了谈判并向我志愿军驻守的上甘岭阵地——597.9 和 537.7 高地发动了"金化攻势"，这个攻势由美国第八集团军司令范佛里特指挥，共集结了 6 万兵力、百余架战斗机、百余门大炮和百余辆坦克，相比之下，我军当时驻守阵地的只有两个连，差距悬殊。美军每天对着阵地狂轰滥炸，阵地上草木荡然无存，岩石构成的山头被打成半米多深的粉末堆。他们以为这样就可以轻易取得阵地，却不知我志愿军英勇无畏，几天后，美军以死伤人数众多的惨痛代价才占领了 597.9 高地的表面阵地。

　　我们的志愿军此刻也在谋划反击战，誓要夺回 597.9 高地，黄继光所在的营奉命执行此次任务。临行前，参谋长张广生召开了动员大会，在会上详细地布置了作战计划，讲明了作战难点，最后，他提高声音向参加此次反击战的全体志愿军说："今天是我们营参加上甘岭反击战的第一战，虽然战斗难度大，但是只许成功不许失败，我们要坚决从敌人手中夺回 597.9 高地。"战士们听到参谋长的话，心中热血沸腾，表示一定会完成上级交给的任务，黄继光此刻的心情也是激动万分，之前他基本都是干后勤工作，现在终于可以到战场上冲锋杀敌，他觉得自己身上有用不完的劲。

在参谋长一声令下后，反击战真正打响了。依照作战计划，黄继光所在的营经过几个小时的激烈斗争，很快连攻下三个山头，就剩接近主峰的零号阵地了。零号阵地是整个反击战能否取得胜利的一个关键点，也是一个难点，敌人在此布置了一个大火力发射点，要攻下很艰难。但是，如果不抓紧攻破，等夜幕降临时，刚攻下的三个阵地也会暴露在敌人的炮火下，而隐藏在 1 号坑的志愿军就没办法冲出坑道向 597.9 高地主峰发起攻击，那么一切就都前功尽弃，反击战也会失败。在这关键的时刻，时任通讯员的黄继光挺身而出，向参谋长请求担任爆破任务，参谋长当即任命黄继光为 6 班代理班长，让他带领两名战士一同去摧毁敌人的火力点。

在光秃秃的山上，黄继光和两名战士在敌人猛烈的炮火攻击下以三角形向前推进，连续摧毁了敌人的几个火力点，在这个过程中，一名战友不幸牺牲了，一名战友身负重伤，黄继光的左臂也被打穿了。但是，黄继光没有停住前进的脚步，他毫无畏惧，强忍疼痛，继续前进，并迅速接近了敌人的火力点中心，向着中心连投了几枚手雷，敌军停止了扫射，可就在部队要发起冲击时，敌人的疯狂扫射又来了，部队的攻击又受阻了。此时的黄继光身上已到处是伤，弹药也已全部用尽，可为了战斗的胜利，他继续顽强地向火力点爬去，靠近地堡射孔时，他突然奋力扑了上去，用自己的胸膛，死死堵住了敌人正在发射的枪眼，壮烈捐躯，牺牲时年仅 22 岁。隐藏在一号坑内的志愿军看到黄继光用自己的胸膛挡住了敌人的枪眼，心中燃起熊熊怒火，高呼着为黄继光报仇，向零号阵地冲去，迅速攻占了零号阵地，把敌人全部歼灭。

战役结束后，中朝两国的战士在五圣山主峰背后的一块高大石壁上，刻下了黄继光的名字。黄继光的英雄壮举也获得了抗美援朝战争中的最高荣誉，并被授予"特级英雄"的称号，朝鲜政府授予他"朝鲜民主主义人民共和国英雄"称号。如今，上甘岭战役留在阵地上唯一的有形纪念物就是黄继光烈士纪念碑，在这块大理石纪念碑的旁边，保留着烈士用胸膛堵过的地堡枪眼，周围盛开着美丽的金达莱花。

人民数学家华罗庚

　　"科学的灵感，决不是坐等可以等来的。如果说，科学上的发现有什么偶然的机遇的话，那么这种偶然的机遇只能给那些学有素养的人，给那些善于独立思考的人，给那些具有锲而不舍的精神的人，而不会给懒汉。"这句勉励大家的名言来自我国伟大的数学家华罗庚。

　　华罗庚是我们熟悉的数学家，他是中国一代知识分子的杰出代表，在解析数论、典型群、矩阵几何学等许多领域都有着卓越的成就。他积极提倡应用数学，将数学理论和生产实践结合起来，致力于用数学理论为实际应用做贡献，被誉为"人民的数学家"。

　　华罗庚于 1910 年 11 月 12 日出生在江苏省今坛县一个贫困家庭，父亲开了一间小杂货铺维持家人生计。华罗庚初中毕业后，便因贫困而被迫辍学。回到家中的他一面在父亲开的杂货店帮忙，一面顽强的坚持自学数学，仅用了五年时间就学完了高中和大学低年级的全部数学课程。有一次，他发现苏家驹教授关于五次代数方程求解的一篇论文中有误：一个十二阶行列式的值算得不对，于是他把自己的计算结果和看法写成题为《苏家驹之代数的五次方程式解法不能成立的理由》的文章，投寄给上海《科学》杂志社。1930 年，此文在《科学》杂志上发表，这时华罗庚年仅 20 岁。后来，这篇论文正巧被清华大学数学系主任熊庆来教授发现，熊教授爱才心切，经过多方打听终于找到了华罗庚，并邀请他来清华大学工作，华罗庚的人生轨迹就此改变。

　　华罗庚起初在数学系当助理员，他除了每天完成整理图书资料、收发文件等本职工作外，全部心思都扑在了数学研究上。勤奋好学的华罗庚只用了一年时间，就把大学数学系的全部课程学完了，学问大有长进。第二年，他就破格升任助教，很快又晋升为讲师。1936 年，华罗庚得到了赴英留学的机会，他来到了剑桥大学。20 世纪声名显赫的数学家哈代，早就听说华罗庚很有才气，他对华罗庚说："你可以在两年之内获得博士学位。"可是华罗庚却回答说："我不想获得博士学位，我只要求做一个访问者。我来剑桥是求学问的，不是为了学位。"两年中，他集中精力研究堆垒素数论，并就华林问题、他利问题、奇数哥德巴赫问题发表了 18 篇论文，其中最引人注意的就是改进哈代结论的"华氏定理"。华罗庚的研究成果引起了国际数学界的注意，英国人邀请华罗庚留下教书，然而，听闻国内爆发抗日战争的华罗庚却放弃英国给的优越条件风尘仆仆回到祖国。就是在那段遭受日本人狂轰滥炸的艰苦岁月里，华罗庚依然不放弃数学研究，写出了《堆垒素数论》这本在数学领域有广泛影响的著作。

1946 年，华罗庚应邀去美国讲学，并被伊利诺大学高薪聘为终身教授，他的家属也随同到美国定居，生活十分优越。当时，很多人都认为华罗庚不会再回来了。但当 1949 年新中国成立后，华罗庚毅然决定放弃美国的一切返回祖国，美国政府知道后不惜重金挽留，在华罗庚拒绝之后，又制造了层层阻碍，但这些都阻挡不了华罗庚回国的决心。终于在 1950 年，他带着一家五口乘船离开美国，回到了香港，并在香港发表了著名的《致中国全体留美学生的公开信》，动员大家回国参加社会主义建设。他在信中坦露出了一颗热爱祖国的赤子之心："梁园虽好，非久居之乡。归去来兮……为了国家民族，我们应当回去……"虽然数学没有国界，但数学家却有自己的祖国。

华罗庚从海外归来，受到党和人民的热烈欢迎，他回到清华园，被任命为数学系主任，不久又被任命为中国科学院数学研究所所长。从此，开始了他数学研究的黄金时期：他的论文《典型域上的多元复变函数论》获国家发明一等奖，并先后出版了中、俄、英文版专著；1957 年出版《数论导引》；1963 年他和学生万哲先合写的《典型群》一书出版……同时，他满腔热情地关心、培养了一大批数学人才，如陈景润、王元、万哲元等一批世界知名的数学家，带领他们不断攻克难题，建造了一个有世界影响的"中国数学界"。

从初中毕业到人民数学家，华罗庚走过了一条曲折而辉煌的人生道路，这位"人民的数学家"，为他钟爱的数学事业奉献了毕生的精力与汗水，为祖国争得了极大的荣誉。

共产主义好战士雷锋

　　"学习雷锋好榜样，忠于革命忠于党，爱憎分明不忘本，立场坚定斗志强……"这首《学习雷锋好榜样》陪伴了我们一代又一代人成长，雷锋也成了家喻户晓的名字，在每年的三月五日雷锋纪念日，人们更是以多种形式纪念雷锋，向雷锋学习。回顾雷锋短暂的生命，我们仍为他的精神所感动。

　　1940年的中国正处在水深火热之中，日本人侵略中国大地，国民党消极抗日却积极反共，共产党孤军对日作战，战火遍及中国的每一个角落。在这一年的12月18日，雷锋出生在湖南长县简家塘一个贫苦农民家中，伴随着他的成长，他的爷爷、爸爸、妈妈、哥哥、弟弟却相继被封建旧势力、国民党资本家、日本侵略者残害致死，这让雷锋的童年生活在苦难之中。直到新中国成立，雷锋才从苦难中解脱出来，还靠乡政府党支书的资助免费读了书，学到了许多知识，因此在他的心中，党就是他的恩人，他对党有着无比的热爱之情。在完成学业之后，雷锋曾先后当过通信员、县委公务员、推土机手，后来参了军，成为了一名光荣的解放军战士，因为表现突出，不久就升任班长一职。

　　在部队的时候，雷锋有了记日记的习惯，他总把自己的所思所想记在日记中，他曾这样写道："革命事业就是一架机器，每个人都是机器上的一颗螺丝钉。机器要由许许多多的螺丝钉连接和固定，才能成为一个坚实的整体，发挥它巨大的工作能力。螺丝钉虽小，其作用是不可估计的。我愿永远做一颗螺丝钉。"雷锋是这样想的，也是这样做的，他把有限的生命都投入到无限为祖国建设和人民服务之中。

　　雷锋在部队是一名汽车兵，为了提高自己的个人素质，除了开汽车，他最愿意做的事就是多读书，多学习。因为工作的关系，他很难有整块的时间去学习，于是就常常把书带在身边，工作不忙的时候就看上两眼，晚上出车回来还要再找地方看会书，他在日记里写到："有的人总以工作忙为不学习的借口，其实不存在忙不忙，而在于你愿不愿意、会不会挤时间去学习。学习的时间只要愿意钻、善于找总是有的。钉子之所以能钉在木板上，就是靠这种挤劲和钻劲。我们在学习上，也要提倡这种'钉子'精神，善于挤和善于钻。"雷锋提倡的这种"钉子"精神即使在今天也十分有意义。

　　雷锋不仅学习上要求进步，生活中也处处走在前面，遇到活抢着干，碰到活抓着干、没活还找活干，总之是不让自己闲着，只要看到他，不是在给集体干活，就是在帮助他人，大家都亲切地称他为"可敬的傻子"。1960年8月，他所在的驻地抚顺赶上发洪水，雷锋忍痛带伤参加了抢险，一干就是七天七夜，他那本身因为救火而烧伤的手旧伤没好又因为这次抢险填了新伤。还有一次，雷锋本来是因为自己肚子疼去买药，在买完回来的路上，看到有一个建筑队在热火朝天地盖小学，于是不由分说，加入到干活的队伍中，干完活，别人问他叫什么，他只是笑笑说自己就是为社会主义添砖加瓦，没什么。

　　雷锋在部队中还经常关心战友，帮助战友，与战友团结友爱，有战友的父母亲得病，他就以战友的名义往战友家寄钱；有战友的衣服破了，为了不使战友冻着，他主动熬夜给战友补衣服……雷锋不仅关心部队战友，而且走到哪好事做到哪，那时雷锋经常出差做报告，在火车上也不忘做好事，当时就流传一句话："雷锋出差一千里，好事做了一火车。"他经常在火车上帮助列车员给旅客端茶倒水、打扫卫生……不止如此，只要是遇到的有困难的旅客他也会经常伸出援手，有一次，他在火车站遇到一位神情焦急的大嫂，原来她把火车票弄丢了，就要赶不上火车了，雷锋知道情况二话没说，那自己的钱给大嫂买了票让她赶火车，大嫂很感动临走时他叫什么，在哪工作，雷锋只是说自己叫解放军，家在中国。还有一次，他在火车站遇到一位老大娘，一打听和自己同路，就帮老大娘拿行李，下火车后，还负责把老大娘送到了儿子家，老大娘很感谢雷锋，可雷锋只说是自己应该做的。

雷锋自己就曾在日记中写道："为人民服务是我应尽的义务。人的生命是有限的，可是，为人民服务是无限的，我愿把有限的生命投入到无限的为人民服务之中去。"雷锋是这样说的，也是这样做的，他从一桩桩、一件件小事做起，全心全意为人民服务。

　　不幸的是，雷锋于 1962 年 8 月 15 日因公殉职，年仅 22 岁，毛主席听闻雷锋的事迹后，发出了"向雷锋同志学习"的号召，全国掀起了学习雷锋的热潮，直到今天，雷锋仍然是我们的榜样，雷锋精神激励着一代又一代中华儿女。

草原英雄小姐妹

　　五十年前，内蒙古大草原上的一对小姐妹为保护集体的羊群与暴风雪拼死搏斗，用热血和生命谱写了一曲英雄的赞歌，这对姐妹就是当时 11 岁的龙梅和不满 9 岁的玉容。后来，她们的名字和英雄事迹，从内蒙古草原传遍大江南北，她们的故事被拍成电影、搬上舞台、谱成歌曲、写进课本。时至今日，她们身上迸发出来的集体主义精神源泉，依然从草原深处流向世界，滋润着人们的心田。

　　1964 年 2 月 9 日那天，临近春节，塞北草原正是冰雪严寒的季节，乌兰察布草原那仁格日勒生产大队的家家户户都在忙着为过年做准备。早晨，热心肠的父亲要去帮邻居粉刷房屋，龙梅和玉荣便主动要求替阿爸去放羊。

　　上午 10 点左右，龙梅和玉荣赶着羊群出发了，看到村庄附近的草滩都被积雪覆盖，羊群很难找到草吃，姐妹俩便商量着把羊群赶到远一点的丘陵地带放牧。可谁能想到，大约中午时分，草原上飘飘忽忽地下起了鹅毛大雪，西北风疯狂地刮着，转眼间伴着狂风的雪花就淹没了茫茫草原。看到这个情景，龙梅和玉容姐妹俩心里顿时一慌：暴风雪来了！姐妹俩赶紧把羊群往家的方向撵。可是，受到惊吓的羊群，顿时乱作一团，随后顺着风，朝东南方向跑了起来。任凭她们前挡后赶、左拦右堵，怎么也拢不住羊群。这 384 只羊可是全生产队的财产，平时阿爸总是对她们说："羊是集体的财产，是集体的命根子，一只也不能丢！"想到这儿，姐妹俩急忙朝着羊群跑去，准备往回赶羊，可是暴风雪越下越大，羊群只是随着狂风害怕的四处乱窜，根本不听小姐妹俩的指挥。眼看雪越下越大，姐姐龙梅对妹妹玉容说："快去回家找阿爸，羊群只有咱俩是拦不下的。让阿爸过来帮忙！"妹妹点点头，赶快迎着暴风雪往家跑，可是，雪太大了，小玉容一个脚步没走好就跌倒在大雪中。她踉踉跄跄爬起来回头一看，姐姐一个人在茫茫风雪中扬着皮鞭，赶着羊群，还把皮袄也脱下来左右拦着羊群乱跑，可是就姐姐自己一人，羊群已经越赶越乱了。小玉容当机立断，又朝姐姐的方向跑去，她顾不得回去找阿爸求救了，和姐姐并肩站到了一起。

两个小姐妹就这样随着羊群，一会挡一会跑，也不知道过去多久，总算是把分散的羊群聚拢在了一起。然而，暴风雪依然没有减弱的趋势，它们发着嗷嗷的声音肆虐地下着，气温骤然降到零下近四十度，天色也已经渐渐暗下来了，小姐妹俩已分辨不出自己身在何处了，她俩只能凭借积雪上微弱的反光来识别自己的羊群，随着羊群奔跑着，积雪已深达一尺，每前进一步都十分困难。为了害怕失散，姐妹俩不停地高喊对方的名字来互相鼓励，这一夜就在小姐妹俩的奔跑和呼喊声中过去了。

天终于亮了，这时距离昨天暴风雪开始，已经过去整整 20 多个小时了，姐妹俩已经跑了 30 多公里，小玉荣已经因为体力不支昏倒了，她躺在雪地上奄奄一息，姐姐龙梅也好不到哪去，只是硬撑着跟在羊群后面。幸好牧民哈斯朝禄父子俩发现了姐妹俩，叫来人们救下了她们，羊群和姐妹俩终于脱离了危险。但由于冻伤严重，龙梅失去了左脚拇指，玉荣右腿膝关节以下和左腿踝关节以下做了截肢手术，造成了终身的残疾，但是她们放的 384 只羊，只有 3 只被冻死，其余都安然无恙。

姐妹俩的事迹感动了很多人，《人民日报》当年以"最鲜艳的花朵"为题，报道了她们的感人事迹，把她俩誉为"草原英雄小姐妹"。几十年过去了，"草原英雄小姐妹"并未因时间的推移而逐渐远去，她们的英雄事迹仍然在代代传颂，影响和激励着后人。

为爱歌唱的丛飞

他是一名歌手，也是一名义工，还是 183 个孩子的"父亲"。他深受观众喜爱，有足够的条件让自己生活富足，但他却倾尽家财资助贫困学生，为孩子们资助了几百万，而自己却没钱治病甚至负债累累，这就是丛飞，一位为爱歌唱的天使。

丛飞，原名张崇，1969 年出生于辽宁省盘锦市大洼县的一个贫困家庭，初二便被迫辍学回家。但执著的音乐梦想让他不畏艰难四处拜师学艺，最终考上沈阳音乐学院声乐系，后被著名歌唱家郭颂收为"关门弟子"。1992 年，张崇只身闯荡深圳，为生计所迫他做过搬运工、洗碗工，甚至有一次因劳累过度而晕倒。醒来后，他把名字改为"丛飞"，立誓要"从草丛中起飞"。天道酬勤，凭借出色的男高音和模仿技巧，丛飞开始在深圳崭露头角，并得到深圳观众的喜爱。

1994 年，一个偶然的机会，丛飞参加了在四川成都举行的失学儿童重返校园的慈善义演。当时观众席上坐着几百名因贫困而辍学的孩子，他们最大的不过十五岁，最小的只有八九岁。面对这些孩子，丛飞不禁想起了自己的童年，他毫不犹豫地将身上全部的现金 2400 元钱放进了捐款箱。主持人告诉他，这 2400 元钱可以使 20 个贫困山区的小学生完成两年的学业。正是从这一刻开始，丛飞就下定决心，要让自己的努力改变更多贫困学生的命运。也正是这场义演，让丛飞走上了"爱心之路"，从这以后，丛飞就开始不断地资助贫困山区的失学儿童，并先后 20 多次赴贵州、湖南、四川等贫困山区义演，收养孤儿，悄悄资助贫困山区的孩子。

1997 年丛飞加入了深圳市义工联，担任艺术团团长。每次在募捐现场演出前，他都会这样介绍自己："我叫丛飞，来自深圳，义工编码是 2478。能对社会有所奉献，能对他人有所帮助，我感到很快乐。"1998 年 3 月，在深圳团市委组织下，丛飞在罗湖、福田、南山、宝安、龙岗、沙头角等地连续举办了七场"帮困助弱募捐丛飞义演晚会"，将最终获得的 15.6 万元演出收入全部捐给了市青少年事业发展基金会。8 月，正在长沙演出的丛飞听说深圳要举行"奉献爱心，情系灾区"的义演，立即推掉了几场商业演出，自己掏钱坐飞机赶回来参加演出，并将湖南演出的全部收入 2 万元捐献给了灾区。别人演出为赚钱，丛飞演出却是为了捐资助学或为残疾人募捐，他的义演的比例高达 60% 多。为了给贫困学生交学费，丛飞常常收到一笔演出费后，就寄给贫困地区的孩子，自己根本存不下钱。在他的家里有一个保险柜，里面装的不是现金或贵重物品，而是他资助的 100 多个孩子写给他的信和照片。而丛飞和妻女就挤住在一间贷款买来的 58 平方米的房子里，家里唯一值钱的就是一架旧钢琴。他 10 年不间断地倾其所有，靠自己并不多的演出收入供养着 180 多个贫困孩子读书，可自己女儿的托儿费却无力承担。

2003 年"非典"后，丛飞的演出机会锐减，收入也急剧减少。因寄钱时间延迟，部分受助孩子的父母还曾对丛飞说了一些不理解的话。为了及时给孩子交上学费，丛飞甚至向亲朋好友借钱，在开学前给孩子们送去，但他们并不知道，丛飞为了捐资助学已经身背 17 万元的债务。为了还清债务，丛飞更加辛苦地四处演出。十年时间，丛飞为助残、助学、赈灾所进行的义演超过了 400 场，累计捐款捐物 300 多万元，义工服务时间达 3600 多小时。由于长时间超负荷工作，从 2004 年春天开始，丛飞的胃部经常剧烈疼痛，家人和朋友们都劝他住院治疗，但为省钱，丛飞只在门诊开了些口服药服用。2005 年 5 月，丛飞被诊断为胃癌晚期，家人朋友凑钱才把他送到医院治疗。2006 年 4 月 20 日，年仅 37 岁的丛飞不幸病逝，按照他的遗嘱，他将自己的眼角膜也捐给了孩子们。

一位普通的歌手，把所有的时间都给了需要帮助的孩子，用舞台构筑起课堂，用歌声点亮了希望。丛飞用生命演绎了人间大爱，用无私奉献感动了国人，正如他的歌词中所写："只要你快乐，只要你幸福，只要你圆上好梦，我就不辛苦。只要你如意，只要你回头一笑，我就很知足。"

公车劳模李素丽

"各位乘客，您好！欢迎乘坐我们 21 路 1333 号车，您可能来自祖国的大江南北、四面八方，我将用北京人热情、好客的传统，为您提供周到的服务。途中，如果有什么困难、有什么要求，请不要客气，我会热心帮助您。"伴着扩音器里李素丽亲切的声音，公交车缓缓启动。从 19 岁成为一名公交售票员开始，李素丽在公交战线上已经工作了三十多年，几十年来，无论是过去当售票员还是如今作为"北京交通服务热线"中心的主任，李素丽始终践行着"一心为乘客，服务最光荣"的工作理念，真心实意为大伙服务，她用自己一点一滴的积累和全身心的投入，在平凡的岗位上做出了不平凡的事业。

说起李素丽跟公交的缘分，还要从她的父亲说起，李素丽的父亲原来就是一名公交车司机，在女儿当上公交售票员后，他总是嘱咐她要做好本职工作，公交车虽小，但却是首都形象的缩影，一定要尽量给乘客提供优质的服务。有了父亲的教育和同事的支持，年轻的李素丽逐渐爱上了售票员的工作。

李素丽所工作的公交线路是连接北京北站和西站的 21 路公交车，这趟公交车沿线 10 公里分布了 14 个车站，是沟通两地的热点线路，每天都会有许多南来北往的外地乘客乘坐。李素丽想到许多外地人也许就是通过这辆公交车来认识北京，接受北京人的第一次服务，因此她就对自己提出了自己，要以"对内代表首都，对外代表中国"的精神为每位乘客服务。她还制定了"礼貌待客要热心，照顾乘客要细心，帮助乘客要诚心，热情服务要恒心"的服务原则和"多说一句,多看一眼,多帮一把,多走一步"的工作要求,不断用这些细致的标准来鞭策自己。

在李素丽的公车上,有几个醒目的大字——"乘客之家",就是要给乘客有家一般舒适的感觉。公交车上乘客众多,每个人都有不同的需求,李素丽就针对不同的乘客给予各种不同服务。对于老弱病残孕,她总是主动搀上扶下,以避免摔倒磕碰;对于外地乘客不熟悉北京线路,她不仅有问必答还主动帮他们指路,到站及时提醒;对于爱玩闹的中小学生,她会及时提醒他们要注意公共秩序和交通安全;对于晕车的乘客,她会及时送上一个塑料袋;对于不小心碰伤的乘客,她会赶紧从自己准备的小药箱中拿出"创可贴";遇到阴天下雨,她就为上下车的乘客撑起雨伞……乘客们正是从这些细枝末节当中体会着李素丽的关心与服务。除此之外,她还要善于解决公交车上的各种问题,特别是在早晚上下班高峰期间,车厢拥挤、嘈杂,小刮小碰在所难免,有时还会发生矛盾和口角。李素丽秉承"以礼待人、以情感人"的处事原则处理矛盾,常常因为她的几句话就化解了一个个矛盾。

1999年12月,凭借18年的售票工作经验,李素丽与23名姐妹共同组建了"李素丽热线",专门为百姓出行和换乘车提供24小时的交通信息服务。热线建立之初,为了应对公交线路变化频繁的情况,李素丽组织热线工作人员利用业余时间走访线路,熟知全市700多条公交线路和900余处机关单位、旅游景点,使电话咨询做到得心应手。她还经常教导年轻的接线员要做到"衣着整洁仪表美,和蔼可亲语言美,热情周到服务美,敬业爱岗心灵美"这"四美"的标准,对每个群众来电,不管是询问路线还是寻求帮助,甚至是出气的电话,她都要求她们注意说话的语气和处理问题的技巧。付出总有回报,2008年7月,广受欢迎的"李素丽服务热线"升级为"北京交通服务热线",工作人员也由最初的几十人发展到100多人,服务热线整合了地铁、公路、省际长途等多家交通行业的热线电话,覆盖了北京市的大交通,提供更加全面的信息服务,受到大家的欢迎,平均每天接电话就达到17000余个,成为北京最"热"的一条服务热线。

几十年来,李素丽在平凡的岗位上兢兢业业,任劳任怨,用辛勤的汗水收获了荣誉。如今,她的工作依旧繁忙,肩上的担子也更重了,但无论工作岗位如何变化,她为人民服务的思想都没有改变。正如她自己所说:"每一条公共汽车的线路都有终点站,但为人民服务没有终点站。我永远属于我的乘客,属于我的岗位。"